Justitias Schwäche

Eva Sturm ermittelt in ihrem zweiten Fall auf Langeoog

Ostfrieslandkrimi von Moa Graven

Impressum
Justitias Schwäche
Eva Sturm ermittelt auf Langeoog - Der zweite Fall - Ostfrieslandkrimi von Moa Graven

Erschienen im cri.ki-Verlag Leer (Ostfriesland)
August 2015
ISBN 978-3-945372-62-3
Umschlagfoto und Gestaltung:
Moa Graven - cri.ki-Verlag Leer (Ostfriesland)

Zum Inhalt

Justitias Schwäche
- Eva Sturm ermittelt in ihrem zweiten Fall auf Langeoog -

Die Sommersaison neigt sich auf Langeoog dem Ende. Eva Sturm wähnt sich bereits bei langen Winterabenden vor dem Kamin oder beim Italiener mit Jürgen. Doch dann meldet sich der Briefmarkenverein Ostfriesland-Papenburg für ein verlängertes Wochenende im Oktober an. Und ausgerechnet Jürgen hat sich die Organisation dieses Events unter den Nagel gerissen und spannt Eva natürlich mit ein. Sie soll sogar eine Rede beim Gala-Dinner halten. Spannend wird die Sache für sie aber erst, als ein Sammler in einem Umschlag wertvolle Marken bei ihr in einem Safe hinterlegt. Und dann liegt nach dem Gala-Dinner auch noch Dieter Wattjes aus Moormerland tot auf seinem Hotelbett. Steckt Eifersucht oder Geldgier hinter dem brutalen Mord? Und was hat eine Anwältin aus Loga mit der ganzen Sache zu tun?

Danke!

An dieser Stelle möchte ich den vielen Menschen danke sagen, die mich in der Zeit, in denen ich jetzt Krimis schreibe, begleitet haben. Ich habe viele Erfahrungen gemacht und jede Einzelne war auf ihre Weise wertvoll!

Und ganz besonders danke ich meinem Schatz, dass er so viel Geduld mit mir hat, wenn ich wieder tage- und nächtelang schreibe und dabei für die Umwelt manchmal ungenießbar bin!

Beim Schreiben dieses Krimis habe ich besonders viel über die Geschichte der Briefmarke gelernt. Danke auch an dieser Stelle den vielen Vereinen und ihren Mitgliedern, dass sie dieses Stück Geschichte für uns weitertragen.

Wolken über Langeoog

Der Himmel wollte gar nicht mehr aufreißen an diesem Morgen. Dunkel schoben sich schwere Wolken über den Horizont.

Eva Sturm lag noch im Bett und sah dem Schauspiel durch das Schlafzimmerfenster zu. Sie fühlte sich so träge, dass sie es einfach nicht schaffte, aus dem Bett zu steigen. Der Sommer neigte sich langsam dem Ende, und ihr schwante bereits, dass es ein langer Winter werden würde.

Es wäre der Zweite für sie. Im letzten Herbst war sie nach Langeoog versetzt worden. Es kam ihr wie eine halbe Ewigkeit vor. Sie hatte sich mit der Langsamkeit in Ostfriesland angefreundet. Nachmittags trank sie gerne mit Bekannten oder auch alleine ihren Ostfriesentee. Immer mit einem Kandis und dem Sahnewölkchen. Und das rächte sich so langsam. Hatte sie im Frühjahr noch gehofft, im Sommer in Badekleidung am Strand liegen zu können, so schrieb sie diesen Traum jetzt erst mal für die nächsten Jahre ab. Denn zum Tee passten auch immer ganz hervorragend die leckeren Kekse aus ihrer Lieblingsbäckerei.

Sie strich sich über den Bauch und ärgerte sich. Wie sollte sie die überflüssigen Pfunde bloß wieder loswerden? Und dazu noch dieser trübsinnige Himmel. War es da ein

Wunder, dass man sich lieber die Decke über den Kopf zog und im Bett blieb? Sie lugte zu ihrem Wecker, der gleich neun Uhr anzeigte. Ob sie wollte oder nicht, sie musste sich langsam berappeln. Schließlich war sie gleich mit Jürgen von der Touristinfo zu einer ersten Besprechung verabredet. Und das Thema war mindestens genauso langweilig, wie das Wetter. Da hatten sich doch tatsächlich Briefmarkensammler für ein Treffen ausgerechnet ihre Insel ausgesucht. Und Jürgen, der die Betreuung dieses Events unter seine Fittiche genommen hatte, hatte sie um Unterstützung gebeten. Ausgerechnet Briefmarken, dachte Eva. Dass es so etwas überhaupt noch gab, dass jemand sich die Mühe machte, diese zu sammeln. Ja, als kleines Mädchen, da hatte es so etwas gegeben. Ihre Eltern hatten Alben, die voll waren mit vielen Exemplaren. Doch sie hatte nie verstanden, was daran nun so toll sein sollte.

Es nützte nichts, sie quälte sich aus dem Bett und stieg unter die Dusche.

Im Kühlschrank fand sie nur noch Käse, der sich aufrollte und einen Liter Milch. Wann hatte sie eigentlich das letzte Mal eingekauft? Was war nur los mit ihr? Ob das schon die Wechseljahre waren? Das hatte ihr gerade noch gefehlt. Sie schenkte sich Kaffee in einen Becher und kaute auf einem Knäckebrot herum, dass auch schon ein wenig schluff schmeckte. Als sie aus dem Fenster sah, war die Wolkendecke noch dichter geworden. Alles in ihr zog sich zusammen bei dem Gedanken, da jetzt raus zu müssen. Doch Jürgen wartete. Das war jetzt ihr einziger Antrieb.

»Guten Morgen«, sagte sie, als sie kurz darauf die Touristinfo betrat.

»Hallo Eva«, antwortete Jürgen. »Sag mal, willst du nach Schweden auswandern?«

»Wieso?«

»Na, so wie du eingepackt bist, da könntest du glatt bis zum Nordpol hoch. Ist dir denn so kalt?«

Eva machte eine wegwerfende Handbewegung. »Das kommt von innen.«

Jürgen ging nicht weiter darauf ein. Wenn Frauen etwas plagte, das von ganz tief innen kam, dann fragte Mann lieber nicht nach. Heraus kamen dann sowieso nur Diskussionen, wo er den Kürzeren zog, weil er sie wieder mal nicht verstand. Das war schon bei seinen Eltern so gewesen. Und bei vielen Paaren, die auf der Insel Urlaub machten, beobachtete er das oft, wenn sie tageweise getrennte Wege am Strand gingen. Er hatte auf so etwas keine große Lust.

»Ich hoffe, du hast ein wenig Zeit mitgebracht«, sagte er gutgelaunt. »Der Kaffee, und dazu frische Brötchen mit Käse warten auch schon auf dich.«

Der Duft war Eva gleich, als sie durch die Tür getreten war, in die Nase gestiegen.

»Das klingt gut«, rang sie sich ab, zu sagen. Sie wusste ja, dass er es gut meinte. Und er konnte auch nichts für ihre Melancholie.

Die beiden setzten sich an den Besuchertisch.

»Das macht schon verdammt viel Arbeit, so ein Event vorzubereiten. Wenn ich das gewusst hätte, dann hätte ich mir das nicht aufgehalst.«

Der Vorsitzende des Briefmarkenvereins hatte ihn um Mithilfe gebeten. In diesem Herbst wollten sich die Mitglieder aus Ostfriesland-Papenburg mal auf einer schönen ostfriesischen Insel treffen und die Wahl war auf Langeoog gefallen.

»Was macht dir denn da so zu schaffen?«, fragte Eva und biss in ein Käsebrötchen.

»Ach, ich weiß auch nicht. Andauernd klingelt das Telefon. Die Leute melden sich an und wieder ab. Mal ist der Kater gestorben oder die Großmutter muss ins Heim.«

»So schlimm?«, murmelte Eva und schlürfte ihren Kaffee. Es tat verdammt gut, so bedient zu werden. Vielleicht sollte sie jeden Morgen bei Jürgen frühstücken.

»Die sind ja teilweise auch schon ganz schön alt. Welcher junge Mensch interessiert sich schon für Briefmarken?«

»Wenn es die als App gibt, sicher schon«, sagte Eva und lachte.

»Tja, die Jugend von heute ...« Jürgen ordnete einen Stapel Papier, der auf dem Tisch lag. »Das sind Faxe und ausgedruckte E-Mails«, sagte er und seufzte. »Wenn das so weitergeht, dann brauche ich bald extra für diese Veranstaltung einen eigenen Ordner.«

»Du Ärmster«, grinste Eva. Ihr ging es wieder richtig gut.

»Ja, lach du nur, ich sitz jetzt mit dem Scheiß ...«

»Ach komm ... wie kann ich dir denn überhaupt helfen?«

»Wäre schon schön, wenn du dich um die Unterkünfte kümmern könntest«, sagte Jürgen versöhnlich. »Ich hab dir schon eine Liste zusammengestellt. Es gibt da Leutchen, die partout nicht mit diesem oder jenem Vereinsmitglied in einem Hotel untergebracht werden möchten.«

»Hab ich auch schon gehört, dass es in Vereinen nicht immer friedlich zugeht.« Eva war bester Laune und schnappte sich ein zweites Käsebrötchen. Sie pfiff auf Figur und Pfunde, es schmeckte einfach gut in Gesellschaft. »Wie viele Zimmer werden denn benötigt?«

Jürgen kratzte sich am Kopf. »Im Moment habe ich sechsundachtzig Anmeldungen, wobei auch Paare dabei sind. Aber hier, aus der Liste geht alles hervor.« Er reichte ihr ein paar Blätter Papier.

Eva studierte die Namen. Sie sagten ihr nichts. Doch darauf kam es im Moment ja auch nicht an.

»Okay, dann werde ich mich mal gleich auf den Weg machen. Steht hier eigentlich auch, wie lange das Ganze geht?«

»Ja da«, Jürgen tippte mit dem Finger auf Seite eins. »Vom neunten bis zum elften Oktober.«

»Drei Tage? Na, da haben die sich aber was vorgenommen. Da muss dann doch sicher auch ein Restaurant oder so etwas gemietet werden.«

»Ja stimmt. Auf jeden Fall für den Samstagabend. Da soll es ein gemeinsames Dinner geben. Ich habe mich schon darum gekümmert. Sie werden beim *Nordseehotel Kröger im Restaurant Verklicker* speisen.«

»Das klingt doch gut«, meinte Eva, die auch gerne dort einkehrte. »Und es können ja auch eine ganze Menge dort im Hotel unterkommen. Ich werde mal gucken, wie weit ich heute schon komme.«

»Danke, du bist mir damit schon eine große Hilfe«, sagte Jürgen.

Eva hörte genau den Unterton heraus, der ihr sagte, dass da noch mehr auf sie zukommen würde.

»Aber das war noch nicht alles, wobei du an mich gedacht hast, stimmt's?«

»Ne, da wäre noch eine Sache ... es gibt da ein paar Mitglieder, die besonders wertvolle Marken haben und die müssten natürlich sicher aufbewahrt werden.«

Eva rollte mit den Augen. Sie hatte geahnt, dass es so kommen würde. Doch sie hatte nicht mal einen Safe in ihrer kleinen Polizeistation. Wo also sollte sie damit hin?

»Ich weiß nicht, ob das so eine gute Idee ist«, sagte sie. »Ich kann die Dinger ja schlecht in meiner alten Teedose bunkern. Du weißt, dass ich in der Polizeistation keinen Safe habe, oder?«

»Nicht?«

Eva schüttelte den Kopf.

»Das ist ja doof. Ich habe es dem Vorsitzenden aber schon zugesichert, dass du dich darum kümmern wirst, dass ihre Schätzchen nicht wegkommen. Was nun?«

Eva zuckte mit den Schultern. »Vielleicht geht auch eine Bankfiliale?«

»Ach, viel zu umständlich. Und ich müsste dem Mann dann erklären, dass die Polizei auf Langeoog leider nicht mal Briefmarken sichern kann. Wäre das in deinem Sinne?« Er machte ein betretenes Gesicht. Er hatte Eva nicht in Verlegenheit bringen wollen.

»Gut, dass wir jetzt schon drüber gesprochen haben«, murmelte Eva. »Ich werde dann versuchen, von der Dienststelle Aurich Unterstützung zu bekommen. Vielleicht haben die ja einen Safe für mich, den sie mir für kurze Zeit zur Verfügung stellen können. Ich hoffe, du hast nicht mehr solcher Unwägbarkeiten für mich in deinem Eifer zugesagt, sonst ...«

»Ne, das war's eigentlich schon. Na ja, du müsstest natürlich auch bei dem Galaabend dabei sein. Das habe ich versprochen.«

»Was? Ich soll an dem Samstag den ganzen Abend mit sabbernden älteren Herren verbringen? Du spinnst wohl? Wie konntest du das machen?«

Eva war vor lauter Ärger aufgesprungen. Darauf hatte sie nun wirklich keine Lust. Was sollte sie denn mit den Leuten reden? So langsam schoss Jürgen wirklich übers Ziel hinaus.

Vorbereitungen

Sie hatte das letzte freie Einzelzimmer im *Nordseehotel Kröger* ergattert und legte auf. Es finde an diesem Wochenende ein großes Event auf Langeoog statt, hatte man ihr entschuldigend erklärt, denn eigentlich mietete sie, selbst wenn sie alleine reiste, lieber ein Doppelzimmer. Oder auch gerade, wenn sie alleine reiste, denn man konnte ja nie wissen, wen man an der Hotelbar alles traf. Es seien Briefmarkensammler, hatte die junge Frau von der Rezeption mit vielsagendem Unterton verraten. Als ob sie das nicht wüsste. Kleine dumme Gans. Doch sie hatte die Ahnungslose gespielt und war ein wenig in den Lästerton eingestiegen.

Es lief alles nach Plan. Das Wochenende Mitte Oktober gehörte ihr und ihrem eiskalten Plan. Alles war bis ins letzte Detail durchdacht. Die Falle musste nur noch zuschnappen.

Gutgelaunt setzte sie sich einen Kaffee an und sprang, während er durchlief, noch unter die Dusche. Anschließend rubbelte sie sich ab und sah in den Spiegel. Es würde ihm noch leidtun, dass er sie so behandelt hatte.

Während des Frühstücks las sie die Tageszeitung, doch sie konnte sich nicht so recht darauf konzentrieren. Würde er mit seiner Frau anreisen? Sie wusste, dass diese sich nicht die Bohne für Briefmarken interessierte. Doch wenn der Verein einen Ausflug machte, bestand natürlich die Gefahr, dass sie mitfuhr. Und das würde ihren ausgeklügelten Plan durchkreuzen. Sie musste sich da etwas einfallen lassen. Wie leicht wurde zum Beispiel ein Radfahrer von einem herannahenden Autofahrer übersehen. Oder wie wäre es mit einer Stolperfalle? Ein gebrochener Knöchel oder ein Handgelenk würde sie bestimmt von einer Reise abhalten. Doch, es gab noch so einiges zu tun für sie. Und zum Glück hatte sie ja noch fast vier Wochen für die Vorbereitungen Zeit.

Sie sah auf ihre Armbanduhr. So langsam musste sie sich beeilen. Der erste Mandant würde sie in einer guten halben Stunde aufsuchen. Es war ein Mann, dessen Frau sich kurz vor der Silberhochzeit scheiden lassen wollte. Dabei würde er dann wohl auch seine Firma verlieren. Das bereitete ihm am meisten Sorgen. Typisch Mann, dachte sie. Welcher Typ wusste eine Frau denn überhaupt noch zu schätzen? Die langen blutrot lackierten Fingernägel ihrer rechten Hand bohrten sich in ihren linken Arm. Ritzten ihre Haut ein, bis Blut austrat. Sie spürte es nicht einmal. Zu übermächtig war ihre Lust auf Rache, so dass sie alles um sich herum vergaß.

Eine Woche später saß sie mit einem Grinsen in ihrem Esszimmer, als sie die kleine Notiz der Polizei Moormerland las. *Frau von Wagen erfasst. Sie kam mit starken Prellungen und einem gebrochenen Arm davon.* Sabine Wattjes würde wohl nicht nach Langeoog zum Treffen der Briefmarkenfreunde mitfahren.

Pizza mit doppelt Käse

Jürgen hatte es sicher nur gut gemeint, als er Eva das Buch über Briefmarken und seine Historie geschenkt hatte. Doch jetzt pfefferte sie das gute Stück an die Wand. Es war ihr verdammt egal, ob die schwarze *One Penny* das erste Wertzeichen war, das auf einen Brief geklebt wurde. Und dass das Ding keine Zacken hatte, geschenkt.

Ob ihre Gereiztheit am Wetter lag? Seitdem es Herbst war, fegte der Wind um die Häuser. Der Touristenrummel war vorbei und die Hotels und Restaurants freuten sich schon auf den nächsten Ansturm der Rentnerpaare und Eheleute ohne Kinder, die gerne außerhalb der Ferien reisten. Das sei ein ganz anderer Menschenschlag, hatte ihr ein Restaurantbesitzer einmal hinter vorgehaltener Hand zugeflüstert. Sie schauten nicht so aufs Geld und ließen sich das Essen etwas kosten. Kein Wunder. Welche Familie mit drei Kindern ging schon in ein Sterne-Restaurant?

Eva war auch das im Moment alles herzlich egal. In einer Woche würden die Sammlerfreunde hier anrauschen. Sie hatte von der Polizei in Aurich tatsächlich einen Safe bekommen, so dass wertvolle Marken dort sicher untergebracht werden konnten. Die Kollegen, mit denen sie gesprochen hatte, hatten sich über sie lustig gemacht. Ob da denn nicht mehr los sei auf der Insel, als sich um

Papierschnipselchen zu kümmern, hatten sie gefragt. So einen Job hätten sie auch gerne. Blödmänner. Eva lief ins Wohnzimmer und ließ sich auf ihr Sofa fallen.

Sie hatte schon lange nicht mehr an ihrem Buch über Feen und Elfen geschrieben. Eigentlich wollte sie es im Winter vollenden und dann ... ja, was dann damit machen? Sie hatte die ersten Kapitel ihrer alten Freundin Klara Bertschoo in Esens gezeigt und diese war sehr angetan gewesen. Es gab wohl überall verborgene Talente, hatte sie zu Eva gesagt. Polizistin zu sein gehörte wohl nicht mehr dazu, dachte Eva und zog ein Kissen auf ihr Gesicht. Einfach mal nichts mehr sehen und hören. Es klingelte an der Tür. Wer konnte das denn jetzt sein? Es war Sonntagnachmittag. Sie quälte sich hoch und lief in den Flur.

Vor ihr stand ... Jürgen. Auch das noch. Am liebsten hätte sie ihn die nächsten Tage nicht mehr gesehen.

»Ist was passiert?«, fragte sie entnervt.

»Muss was passiert sein, wenn ich vorbeikomme?«, fragte Jürgen leicht pikiert.

»Ich bin die Polizei, schon vergessen?«

»Bist du sauer?«

Plötzlich tat er ihr leid. Wie er da so stand. Er konnte doch nichts dafür, dass sie immer verdrehter wurde.

»Ach, ich weiß auch nicht. Mir schlägt im Moment so einiges auf den Magen.«

»Oh ... also, ich wollte einfach nur mal auf nen Kaffee vorbeischauen. Du hast dich ja in den letzten Tagen etwas rargemacht.«

Natürlich war es an Jürgen nicht vorbeigegangen, dass sie keinen Fuß mehr in die Touristinfo gesetzt hatte.

»Ich hab dein Buch gelesen«, sagte sie und ging in die Küche voraus.

»Das sehe ich.« Jürgens Blick wanderte Richtung Fußboden, wo es aufgeschlagen vor dem Schrank lag.

»Es ist mir runtergefallen«, murmelte Eva. Natürlich wusste sie, dass Jürgen sie längst durchschaut hatte. »Na ja, ich hab etwas nachgeholfen«, gab sie zu und grinste.

Die miese Stimmung löste sich und plötzlich mussten beide aus vollem Halse lachen. Das tat verdammt gut.

»Es ist schön, dass du vorbeigekommen bist«, sagte Eva schließlich. »Mir fällt in letzter Zeit irgendwie die Decke auf den Kopf. Setz dich doch bitte, ich mach uns einen Kaffee.«

»Also liegt deine schlechte Laune nicht nur an den Briefmarkenfreunden, da bin ich ja beruhigt«, meinte Jürgen und setzte sich an den Küchentisch.

»Nein«, gab Eva zu. »Aber ich kann gar nicht sagen, was mich eigentlich so nervt. Es ist alles zusammen, denke ich.«

»Das ist bestimmt dein erster Inselkoller«, meinte Jürgen pragmatisch. »Du lebst jetzt fast ein Jahr hier. Für eine Frau aus Braunschweig hast du wirklich verdammt lange durchgehalten.«

»Meinst du wirklich?«

»Ja, sicher doch. Es ist nun wirklich nicht so einfach, auf einer Insel zu leben. Das Gefühl, von allem abgeschnitten zu sein ... viele ertragen das auf Dauer nicht.«

»Ich weiß nicht ... so schlimm finde ich es hier eigentlich gar nicht.«

»Sowas kann auch unterbewusst ablaufen. Dir geht es schlecht und du weißt nicht warum. Aber ich hoffe, dass du nicht deswegen gleich die Segel streichst. Sowas geht nämlich auch irgendwann vorbei. Hab ich zumindest gehört.«

»Und an den Inselbewohnern kann sowas nicht liegen?« Eva machte ein total ernstes Gesicht und Jürgens Mundwinkel machten einen Knick nach unten. »He, das war ein Scherz.«

»Na dann.« Jürgens Gesicht hellte sich wieder auf.

»Was wolltest du denn jetzt eigentlich hier?«

»Einen Kaffee, was sonst. In der Touristinfo war nicht so viel los, das schafft Anja auch alleine.«

»Anja? Schon wieder eine neue Aushilfe?«

»Ja, sie ist noch Schülerin und verdient sich ein bisschen dazu.«

»Schülerin? Und da ziehst du so ein altes Wrack wie mich vor?«

Jürgen verkniff sich eine Antwort. Das wäre garantiert das nächste Fettnäpfchen gewesen.

»Wollen wir heute Abend nicht mal wieder zusammen zum Italiener?«, fragte er stattdessen.

»Gute Idee«, stimmte Eva zu. Sie dachte an ihren Bauch. Doch eine Pizza machte den Kohl da auch wohl nicht mehr fett.

Nach dem Kaffee ging Jürgen zurück zur Touristinfo und sie verabredeten sich für neunzehn Uhr.

Eva nutzt die Zwischenzeit, um die Küche einmal ordentlich aufzuräumen und zu putzen. Als sie am Ende verschwitzt vor der polierten Anrichte stand, war sie sich sicher, alt zu werden. Warum putzt man sonst am Sonntag wie eine Besessene? Das waren doch nur Frauen, die alt, fett und alleinstehend waren. Verdammt. Sie warf den Lappen in die Spüle. Das war das letzte Mal, dass ich das mache, schwor sie sich. Und wenn sich der Schimmel bis unter die Decke türmte, so ein Putzteufel wollte sie nicht werden.

Sie ging ins Schlafzimmer, zog den Jogginganzug, in dem sie an freien Tagen immer herumlief, aus, und stieg unter die Dusche. Da musste doch noch was zu machen sein aus ihr. Und Jürgen war ja nun auch wirklich keine schlechte Partie. Er war sogar jünger als sie. Am Ende durfte sie sich vielleicht sogar etwas darauf einbilden, dass er ihr ständig auf der Pelle hing. Das war vom ersten Tag an so gewesen. Doch bisher hatte sie ihn immer wie ein alter Kampfhund weggebissen. Warum eigentlich? In Wahrheit fand sie ihn sogar verdammt sympathisch und gutaussehend. Ja, sie fühlte sich sogar zu ihm hingezogen. Und trotzdem verhielt sie sich in der Regel abweisend, wenn er ihr Komplimente machte. War sie wirklich so gestört? Sie grübelte so lange darüber nach, während das Duschwasser auf sie herabprasselte, dass ihre Haut ganz schrumpelig wurde. Genau das war es. Sie war alt. Sie blickte an sich herunter, was sie in der Regel vermied. Da war er wieder, der Schmierbauch. Nur widerwillig fuhr sie mit der Hand darüber. Und gleich würde sie wieder Pizza essen. Doch auch wenn Jürgen sie hier jetzt nicht sah - Gott bewahre - so ließ sich ihre körperliche Verfassung auch im angezogenen Zustand erahnen. Er war ja nicht blöd. Natürlich wusste er, dass sie einen Bauch hatte. Und einen viel zu großen Hintern noch dazu. Doch schreckte ihn das ab? Nein.

Und doch sie wusste auch, dass er sie im Eva-Kostüm nur bei totaler Mondfinsternis zu Gesicht bekommen würde. Denn genau das war es. Sie hatte Angst davor, dass er sie nackt sah. Sie seifte sich noch einmal ein und stellte das Wasser ganz heiß, dann eiskalt und dann stellte sie es aus und stieg aus der Dusche. Sie verhielt sich lächerlich. Doch sie ahnte auch, dass es vielen Frauen so ging. Sie musste dringend an ihrem Selbstbewusstsein arbeiten. Und sie ging nicht davon aus, dass das nächste Wochenende mit den Altherren aus dem Briefmarkenverein wesentlich dazu beitragen würde.

Jürgen ahnte von alldem nichts und begrüßte sie herzlich, als sie in der Pizzeria ankam.

»Gut siehst du aus«, sagte er und reichte ihr die Karte.

»Das scheint dich zu überraschen«, sagte Eva und ärgerte sich im gleichen Moment. Konnte sie vielleicht auch mal ohne schnippische Antworten auskommen? Auch daran würde sie arbeiten. Und das würde Schwerstarbeit.

Jürgen verdrehte nur die Augen und sah sich die verschiedenen Gerichte an, als ob er jemals was anderes essen würde als Pizza mit Salami, Schinken und doppelt Käse.

»Ich hab uns schon eine Flasche Chianti bestellt«, sagte er obenhin.

»Die kann ich heute auch wirklich gebrauchen«, meinte Eva und suchte nach einer kalorienreduzierten Pizza, die sie natürlich nicht fand.

Am Ende des Abends war Eva froh, dass es Jürgen gab. Er brachte sie bis vor ihre Tür und sie verabschiedeten sich mit einer Umarmung, die wohl der zweiten Flasche Chianti und dem Massala geschuldet war. Es fühlte sich gut an. Und dabei beließen sie es auch.

Vereinsleben

Dieter Wattjes schenkte sich noch eine Tasse Tee ein. Es war noch etwas Zeit, bis sein Vereinskollege Freerk ihn abholen würde. Die beiden Männer fuhren alleine nach Langeoog zu dem Treffen der Briefmarkenfreunde. Dieters Frau hatte einen Fahrradunfall gehabt und ihr gebrochener Arm war ein großes Handicap. Ihr war die Lust vergangen. Der Fahrer des Wagens, der sich nach dem Unfall unerkannt entfernt hatte, war immer noch nicht ermittelt worden. Die Chancen schwanden von Tag zu Tag. Freerks Frau hatte angeboten, zusammen mit Sabine in Moormerland zu bleiben und ihr ein wenig im Haushalt zur Hand zu gehen. Doch Sabine hatte abgewinkt. Sie wusste ja, wie sehr sich die neugierige Mathilde auf das Event freute. Nirgendwo sonst gab es so viel Tratsch wie auf großen Vereinstreffen.

»Hast du alles?«, fragte Sabine ihren Mann, als sie in die Küche kam.

»Doch ich glaube schon. Freerk wird wohl gleich da sein.« Er rührte in seiner Teetasse herum.

»Dann wünsche ich euch viel Vergnügen«, sagte Sabine und setzte sich mit an den Tisch.

»Du hättest aber ruhig mitkommen können. So ein gebrochener Arm ...« Weiter kam er nicht, denn Sabine schnitt ihm das Wort mit einer abwehrenden Handbewegung ab.

»Lass gut sein. Mir macht es nichts aus. Ich werde den neuesten Vereinsklatsch schon noch früh genug erfahren.« Sie selber sammelte keine Briefmarken, wie übrigens die meisten Ehefrauen der Vereinsmitglieder. Es war wie so oft auf dem Lande, dass Männer sich in Vereinen zusammenrotteten und die Frauen als Anhängsel dabei waren. Im Grunde war sie froh, an diesem Wochenende mal kein Anhängsel zu sein. Sie wollte die drei Tage genießen. Und zwar auf ihre Art.

»Ich glaube, da ist ein Wagen auf die Auffahrt gefahren«, sagte sie. Es würde also endlich losgehen und still werden im Haus.

Dann klingelte es auch schon an der Tür. Sabine machte auf.

Dieter kramte noch seine letzten Sachen wie Portemonnaie, Brieftasche und ein Paket Taschentücher zusammen und zog seine Jacke an.

Nach weiteren fünf Minuten schlug die Haustür zu. Sabine atmete auf.

Als Erstes lief sie in die Küche zurück und räumte den Tisch ab. Dann öffnete sie alle Fenster und ließ den Herbstwind durchpfeifen. Sie wollte den Geruch loswerden. Den abgestandenen Qualm, den Hauch von Bier. Insgeheim war sie unendlich glücklich in diesem Moment. Und Dieter ahnte von allem nichts. Natürlich nicht.

Er war ja auch viel zu sehr mit sich selber beschäftigt. Und mit dieser fremden Frau. Hatte er wirklich geglaubt, dass sie davon nichts mitbekommen hatte? Für wie dumm musste er sie halten. Ihre Ehe war zwar schon einen Tag älter, fast fünfzehn Jahre, um genau zu sein, aber trotzdem lief alles ganz harmonisch. Sie hatten sogar noch ab und zu Sex. Bis vor einem Jahr, als Dieter sich veränderte. Es kam schleichend. Doch für sensible Frauensensoren waren die ersten Anzeichen da, als immer mehr Überstunden anfielen. Dieter war der klassische Fremdgänger. Dann durchsuchte sie seine Sachen. Auch klassisch. Sie fand Kassenbons über Blumensträuße. Sie bekam nur welche zum Hochzeitstag, wenn er dran dachte. Und seit einem Jahr bekam sie sogar welche zum Geburtstag. Das war verdächtig. Aber die Blumen, die er zwischendurch bezahlt hatte, deren Belege sie gefunden hatte, waren außer der Reihe und nicht für sie gewesen.

Sie war erschrocken, wie gleichgültig es ihr im Prinzip gewesen war. Der spärliche Sex fand nur noch alle paar Monate statt. Und sie vermisste nichts. Manchmal war Dieter ihr sogar fremd, wenn er neben ihr am Frühstückstisch in seiner Zeitung las. Aus dem Augenwinkel heraus hatte sie ihn beobachtet und sich gewundert, wer da eigentlich neben ihr saß. Wo war der junge schüchterne Mann geblieben, der sie mit seinem ersten Opel abgeholt hatte? Die Ehe war kinderlos geblieben. Vielleicht war das jetzt ein Vorteil, wenn man sich trennte.

Langsam wurde es kühl in der Wohnung. Sabine schloss die Fenster wieder. Sie holte die Post aus dem Briefkasten. Es war nur Werbung.

Sie sah auf ihre Armbanduhr. Gleich war es elf. Dieter und Freerk waren also schon auf der Fähre Richtung Langeoog. Er hatte das Doppelzimmer, das sie für sie beide, als sie noch davon ausging, mitzufahren, gebucht hatte, nicht storniert. Ob er sich mit ihr dort vergnügte? Doch die Überstunden waren in der letzten Zeit weniger geworden und auch in den Jackentaschen fand sie keine Beweise mehr für seine Untreue.

Sie lief nach oben ins Schlafzimmer und zog ihre Reisetasche unter dem Bett hervor. Bald würde sie wissen, was Dieter auf Langeoog trieb. Ihre Fähre ging am Nachmittag.

Auf der Fähre nach Langeoog herrschte reges Treiben. Die meisten saßen unter Deck und ließen sich schon die ersten Kurzen kommen. Es würden drei tolle Tage werden und darauf stieß man an. Die Männer saßen zusammen und lachten laut, während die Frauen sich an Nebentischen mit Sorgen über Kinder und Enkelkinder sowie kaputte Waschmaschinen austauschten.

Einige standen auch in dicke Jacken gepackt an Deck und ließen sich die raue Seeluft um die Nase wehen. Das waren die, die wenig sprachen und denen es unten zu laut und stickig war.

Doch eines hatten alle gemein. Sie liebten Briefmarken und das gesellige Beisammensein unter Gleichgesinnten. Viele hatten ihre Alben in die Koffer gepackt, denn am Sonntagmorgen war eine Tauschbörse geplant.

Als das Schiff vor Langeoog anlegte, warteten Eva und Jürgen schon auf die Meute.

»Da sind sie ja«, maulte Eva, »ich erkenne sie schon an den alten Strickpullovern mit den Zopfmustern. Sicher alles selber gemacht.«

»He, nun reiß dich mal zusammen«, sagte Jürgen lachend. »Es sind doch auch nur Menschen.«

Er hatte sich mit dem Vorsitzenden darauf verständigt, dass es eine kleine Begrüßung bei der Ankunft geben sollte. Jürgen würde einen kleinen Abriss der Inselsehenswürdigkeiten liefern und Eva von ihrem Safe erzählen, in den auf Wunsch wertvolle Marken deponiert werden konnten.

Doch als die Gruppe an Land kam, war natürlich alles anders. Sie liefen schwatzend in Grüppchen auseinander und suchten nach ihren Hotels.

Ein groß gewachsener älterer Mann kam auf Jürgen zu.

»Moin, ich bin Wilfried Sievers, wir haben telefoniert«, sagte er und reichte Jürgen die Hand.

»Ja, das war's dann wohl mit unserem Plan«, meinte Jürgen und sah den Koffern und Rucksäcken nach.

»So sind die immer«, meinte der Vorsitzende lachend. »So oft kommen die ja nicht raus.«

Eva fragte sich, ob er das ernst meinte.

»Wie sieht denn ihre weitere Tagesplanung aus?«, fragte Jürgen.

»Tja, wir werden wohl die Insel ein bisschen erkunden und dann abends irgendwo essen. Das gemeinsame Dinner findet ja erst morgen statt. Heute können sich die Gruppen zusammenfinden, wie sie möchten. Es gibt da ja immer diese Cliquen, wissen Sie.«

Jürgen nickte. »Klar, das kann ich mir vorstellen. Dann gibt es von meiner Seite aus wohl nicht mehr viel zu tun im Moment. Und vielleicht kommt ja auch so der ein oder andere in meiner Touristinfo vorbei.«

»Und das mit dem Safe für die wertvollen Briefmarken?«, fragte Eva, die eigentlich am liebsten weit weg gewesen wäre.

»Ach ja«, meinte Jürgen. »Sie denken daran, es Ihren Freunden zu sagen. Wir sorgen hier auch für Sicherheit.«

»Alles schon erledigt«, sagte Wilfried Sievers. »Das habe ich auf der Fähre bekanntgegeben. Doch keiner hat was in der Richtung gesagt. Vielleicht haben die ihre Schätzchen zuhause gelassen.«

»Ich wollte es ja nur gesagt haben.« Eva machte ein mürrisches Gesicht. »Ich muss dann auch in meine Dienststelle.« Sie nickte den beiden Männern noch mal zu und verschwand.

»Sie meint es nicht so«, sagte Jürgen.

»Jo«, meinte der Vorsitzende. »Ich werd' dann auch mal auf mein Zimmer gehen.«

In geheimer Mission

Sie hatte sich einen frischen Salat, ein Glas Champagner und ein Schälchen Erdbeeren aufs Zimmer bringen lassen. Wenn man seine Figur halten wollte, musste das als Mittagessen genügen.

Jetzt lag sie in Spitzenunterwäsche auf dem Bett und spielte mit ihren Zehen in der kühlen Satindecke. Zu dumm, dass sie jetzt alleine war. Die Stimmung wäre ideal, dachte sie und lächelte.

Doch im nächsten Moment verdunkelten sich ihre Gesichtszüge. Dieter war gar nicht so weit weg. Und doch weiter entfernt als jemals zuvor. Es gab ihr einen Stich ins Herz. Wieso hatte er sie von einem Tag auf den anderen abserviert? War seine Frau ihm auf die Schliche gekommen? Er hatte nichts weiter gesagt, sondern nur, dass es vorbei sein müsse.

Sie hatte drei Tage lang geweint und war nicht fähig gewesen, in ihre Kanzlei zu fahren. Es war ihr Schicksal, dass Männer sich mit ihr wohl keine dauerhafte Beziehung vorstellen konnten. Und dabei sah sie verdammt gut aus. Eine makellose Figur, lange Beine und welliges dunkles Haar, das geheimnisvolle Augen umrahmte. Und immer durfte sie nur die zweite Geige spielen. Die meisten Männer, mit denen sie eine Beziehung einging, waren verheiratet. War es nun so, dass diese Männer von ihr angezogen wurden, weil sie sich in ihrer Ehe langweilten, oder stand sie nur auf gebundene Exemplare, die sie nicht für sich allein haben konnte, weil sie Beziehungsängste hatte? In früheren Jahren hatte sie schon einmal versucht, dieses Phänomen mit einem Therapeuten zu erörtern, den sie aufgesucht hatte, weil sie anfing zu trinken. Das hatte ihr Angst gemacht. Sie war eine erfolgreiche Anwältin und doch war sie alleine. Einsam.

Geplagt von diesen Gedanken schlief sie irgendwann ein.

*

Sabine Wattjes stellte den Wagen ab und sah sich um. Ob sie jemand in ihrer Verkleidung erkennen würde? Sie selber kam sich ziemlich albern vor mit der dunklen Perücke mit Pagenschnitt. Als sie diese zuhause aufgesetzt hatte, musste sie lachen. Sie war von Natur aus blond und erkannte sich nicht wieder. Doch das war ja genau ihr Ziel gewesen. Unerkannt bleiben. Nur ihr geschienter Arm machte ihr Sorgen. Er war ihr ja als Ausrede, nicht mit nach Langeoog zu dem Vereinstreffen fahren zu müssen, willkommen gewesen. So musste sie sich keine andere Lüge ausdenken. Denn sie hatte niemals vorgehabt, mitzufahren. Von Anfang an hatte sie dieses Treffen als willkommene Möglichkeit erkannt, ihren Mann zu beschatten. Sie wollte endlich wissen, woran sie war. Und wenn sie nicht mitfuhr, dann war das doch die Gelegenheit für ihn, sich mit seiner Geliebten zu amüsieren. Wie er das seinen Vereinskollegen verkaufen würde, wäre sein Problem. Doch sie war sich sicher, dass er auch dafür eine Lösung finden würde. Schließlich würden die ihn ja nicht auf sein Hotelzimmer begleiten. Sie stellte sich gerade vor, wie er sich mit dieser fremden, sicher viel schöneren und jüngeren Frau, in den Laken wälzte. Ja, es tat noch weh. Vielleicht liebte sie Dieter ja doch noch mehr, als sie sich eingestehen wollte.

Um ihren Arm zu kaschieren, hatte sie sich vor ein paar Tagen einen Poncho im Internet bestellt. Er war noch rechtzeitig eingetroffen und jetzt war sie froh, ihn zu haben, denn der Wind war ganz schön eisig.

Als sie auf die Fähre ging, suchte sie sich schnell ein schönes Plätzchen unter Deck. Den Poncho behielt sie an. Es war wichtig, dass niemand sich später an eine Frau mit einem Gipsarm erinnerte.

Der Safe

Eva hatte in der Dienststelle gerade die Beine auf den Schreibtisch gelegt, als die Tür aufging.

»Guten Tag«, sagte ein Mann, den sie nicht kannte.

»Gibt es ein Problem?« Eva zog ihre Füße vom Tisch und setzte sich aufrecht hin.

»Nein nein«, sagte der Fremde. »Es geht um meine Sammlung.«

Aha, dachte Eva, einer von diesen Spinnern.

»Sie meinen Briefmarken?«

Der Mann nickte. »Ich habe gehört, dass ich die bei Ihnen in einen Safe geben kann.«

»Ja, das ist richtig. Aber nur, wenn es sich wirklich um wertvolle Stücke handelt. Wissen Sie, es kann ja nicht sein, dass jeder hier ankommt, so groß ist der Safe nämlich nicht.«

Der Mann zog die Tür hinter sich zu und beugte sich verschwörerisch über den Schreibtisch. »Es ist eine ganz besondere Marke dabei«, flüsterte er fast. »Es weiß keiner, dass ich sie besitze. Die Bombe werde ich erst am Sonntag bei der Tauschbörse platzen lassen. Die werden Augen machen.«

Eva stand vom Tisch auf. Ihr war die ganze Situation unangenehm. Und außerdem roch der Mann aus dem Hals.

»Dann geben Sie das gute Stück mal her. Ich werde sie gleich einschließen, dann ist sie in Sicherheit.«

Der Mann sah sich um, als ob er noch jemanden im Raum vermutete. Dann zog er ein Kuvert aus seiner Jackentasche.

»Hier ist sie drin.« Er reichte Eva den Umschlag, auf dem sie einen Fettfleck entdeckte. Es gab schon verschrobene Typen.

»Sagen Sie mir dann bitte auch noch Ihren Namen? Ich muss Ihnen nämlich eine Quittung darüber ausstellen.« Eva nahm den Umschlag mit spitzen Fingern entgegen und trug ihn so zum Safe, der offenstand, da noch niemand sonst etwas abgegeben hatte bei ihr. Sie legte den Umschlag hinein und ließ die Tür zuklicken.

Der Mann beobachtete sie mit offenem Mund. »Ich bin Heinrich Gerlach«, sagte er dann tonlos.

»Gut Herr Gerlach.« Eva setzte sich an ihren Tisch und zog einen Quittungsblock zu sich heran. Sie füllte einen Zettel aus und unterschrieb ihn. Dann reichte sie ihn dem Mann. »Hiermit ist sichergestellt, dass Sie die Marke bei mir abgegeben haben. Wann möchten Sie sie denn wieder abholen? Sie sagten ja, dass Sie sie mit zur Tauschbörse am Sonntag nehmen möchten. Aber am Sonntag bin ich in der Regel nicht hier in der Dienststelle, es sei denn, wir machen einen Termin aus.«

Der Mann sah sie dümmlich an. Konnte er ihr etwa nicht folgen?

»Haben Sie verstanden, Herr Gerlach?«

»Ja ja ...«, murmelte er. »Sonntag. Ich komme Sonntagmorgen wieder.«

»Aber um wie viel Uhr? Wir müssen da schon eine feste Zeit ausmachen.« Eva wurde langsam sauer.

»Zeit ausmachen ... ja ja.« Der Mann wandte sich schon zum Gehen.

»Herr Gerlach, warten Sie!«, rief Eva.

Doch er schien sie gar nicht zu hören, öffnete die Tür und ging hinaus in die Dunkelheit.

»Das gibt es doch nicht«, schimpfte Eva vor sich hin. Sie hatte absolut keine Lust, diesem Trottel auch noch hinterherzulaufen. Typisch, diese Männer vom Lande. Wehe wurden sie mal losgelassen. So wie der sich benahm und roch, war er bestimmt ein Bauer, der alleine auf einem alten Hof lebte, nachdem seine Frau früh gestorben war. Alleine die abgewetzte Cordhose, die er trug, sprach dafür. Keine ältere Frau hätte ihren Mann so herumlaufen lassen.

Doch sie hatte jetzt keine Lust mehr, sich über ihn aufzuregen. Eigentlich hatte sie schon längst Feierabend. Sie wunderte sich, dass Jürgen sich noch nicht wieder bei ihr gemeldet hatte. Sie hatte Hunger. Warum rief er denn nicht an, um mit ihr essen zu gehen? Sie griff zum Telefon und schob es kurz darauf wieder zurück. Vielleicht war es auch ganz gut, wenn sie diesen Abend alleine in ihrer Wohnung verbrachte. Schließlich hatte sie morgen einen harten Tag vor sich, wenn sie zum Vereinsdinner musste.

Sie räumte die Sachen auf dem Schreibtisch zusammen und machte das Licht aus.

Als sie über einen kleinen Umweg am Strand zu ihrer Wohnung lief, meinte sie ein merkwürdiges Plätschern zu hören. So, als ob jemand mit den Armen wild im Wasser ruderte. Als sie aufs Meer hinaus sah, konnte sie aber nicht viel erkennen. Vor den Mond, der die raue See erhellte, schoben sich immer wieder dunkle schwere Wolken. Man sah dann praktisch die Hand vor Augen nicht. Und sie hatte jetzt auch keine große Lust mehr, Nachforschungen anzustellen. Sicher war es nur der Wind gewesen, der das Wasser aufgemischt hatte. Man musste ja nicht in alles zu viel hineininterpretieren.

Es war dann kurz vor neunzehn Uhr, als sie schließlich in ihrer Wohnung ankam. Es war eiskalt. War etwa ihre Heizung ausgefallen? Das hatte ihr gerade noch gefehlt. Sie machte Licht und ging zum Heizungsraum. Tatsächlich, da tat sich nichts mehr. Jetzt blieb ihr doch wohl nichts anderes übrig, als bei Jürgen anzurufen.

»Ja, hallo Jürgen«, sagte sie kurz darauf in den Hörer. »Du, meine Heizung ist kaputt. Es ist eiskalt in meiner Wohnung.«

»Hallo Eva, ich dachte schon, du rufst nie an«, lachte Jürgen fröhlich. »Ich bin gleich da.«

Hatte er etwa auf ihren Anruf gewartet? Sie legten auf.

Mit ein paar kurzen Handgriffen kehrte wieder Wärme in Evas Leben ein. Zumindest, was die Räumlichkeiten betraf.

»Danke Jürgen«, sagte sie aufrichtig.

»Kein Problem. Hast du denn heute schon etwas gegessen?«

»Ehrlich gesagt hängt mir mein Magen in den Kniekehlen«, gestand Eva. »Ich wollte mir gerade irgendwas Schnelles machen.«

»Und was hältst du vom Essen gehen?«, fragte Jürgen.

»Nicht so viel im Moment. Du weißt doch, dass die Insel jetzt von diesen Freaks bevölkert ist. Ich habe keine

Lust, mir schon heute Abend die Ohren von diesem Briefmarkengefasel vollquatschen zu lassen.«

»Die scheinen dich ja mächtig beeindruckt zu haben«, foppte Jürgen. »Aber ehrlich gesagt habe ich auch genug für heute. Am Nachmittag haben mich noch einige von ihnen in der Touristinfo besucht. Aber sie sind nicht so schlimm, wie du denkst. Einige waren sehr nett und haben mir eine Menge über Briefmarken erzählt, von dem ich noch nie etwas gehört hatte.«

»Und? Hattest du es denn vermisst bisher?« Eva konnte es nicht lassen.

»Man wird jedenfalls nicht dümmer dabei.«

»Intelligenz lässt sich nicht messen«, meinte Eva.

»Nicht bei jedem«, erwiderte Jürgen.

Jetzt mussten beide herzlich lachen. Eva konnte endlich ihre Jacke ausziehen, weil es mollig warm in der Wohnung geworden war.

»Los, setz dich schon mal ins Wohnzimmer und mach den Fernseher an. Ich mach uns schnell ein paar Spiegeleier auf Brot«, sagte sie.

»Hast du denn auch noch ein Bierchen für uns da?«, fragte Jürgen.

»Aber sicher, hol doch schon mal die Gläser raus.«

Sie sahen sich einen Krimi an, bei dem Eva schon nach zehn Minuten ahnte, wer der Täter war. Doch das war in diesem Moment nicht wichtig. Es war einfach schön, hier mit Jürgen zu sitzen, etwas zu essen und das Gefühl von Zweisamkeit zu spüren.

»Ach übrigens«, sagte sie plötzlich. »Es hat heute noch jemand etwas in meinem Safe deponiert.«

»Tatsächlich? Nur einer? Ich hätte da schon mit etwas mehr gerechnet«, meinte Jürgen.

»Es war ein komischer Kauz. Ein gewisser Herr Gerlach, der mir einen verschmierten Umschlag zur Verwahrung gegeben hat. Darin soll eine besondere Briefmarke sein.«

»Und? Hast du reingeguckt?«

»Nein, das hat mich nicht interessiert. Er will das Ding am Sonntagmorgen wieder abholen, wenn die ihre Tauschbörse haben. Aber als ich mit ihm einen Termin dafür vereinbaren wollte, ist er einfach gegangen. Komisch, oder? Er war im Prinzip gar nicht mehr ansprechbar.«

»Das meinst du sicher nur. Vielleicht habt ihr auch aneinander vorbei geredet.«

Eva nahm einen Schluck von ihrem Bier und schüttelte den Kopf. »Nein, wirklich, er hat sich eigenartig benommen. So als höre er mir gar nicht mehr zu.«

»Na ja, was soll's. Am Sonntagnachmittag reisen die meisten ja wieder ab. Dann haben wir hier wieder unsere Ruhe.«

»Ehrlich gesagt kann ich's gar nicht mehr abwarten«, sagte Eva und trug die schmutzigen Teller in die Küche.

Jürgen und sie tranken noch jeder ein Bier und er verabschiedete sich dann mit einem Lächeln gegen dreiundzwanzig Uhr.

Auf dem Nachhauseweg kam er noch an einem Lokal vorbei, in dem es hoch herzugehen schien. Es wurde laut geredet und gelacht. Als er die Nase an die Fensterscheibe drückte, um hineinzusehen, sah er eine lustige Männerrunde, die viele Bier- und Schnapsgläser vor sich auf dem Tisch stehen hatte. Sicher gehörten sie alle zum Briefmarkenverein und fachsimpelten über ihr Hobby. Ob er noch hineingehen sollte? Warum eigentlich nicht, dachte Jürgen. Er war noch nicht wirklich müde und ein Schnäpschen könnte er auch noch vertragen.

Der Schatten

Sabine fror sich die Beine in den Bauch, als sie von einer geschützten Position aus den Eingang des *Nordseehotels Kröger* beobachtete. Jetzt war es gleich ein Uhr nachts und noch immer war Dieter nicht zurückgekehrt. Oder hatte sie ihn etwa verpasst? Nein, sie war sich ganz sicher, dass er noch unterwegs war. Sicher hing er mit seinen Kumpels irgendwo in einer Kneipe und ließ sich volllaufen, während sie hier wie eine dumme Gans auf ihn wartete. Wie war sie bloß auf diese blöde Idee gekommen, ihn auf Langeoog zu beschatten? Und dann um diese Jahreszeit. Der einzige Vorteil daran war, dass es früh dunkel wurde. Sie drückte sich weiter an die Buchsbaumhecke, um sich vor dem kalten Wind zu schützen. Wenn sie jetzt jemand hier so entdeckte, der musste sie für eine Irre oder eine Verbrecherin halten. Sie sah noch einmal auf die Uhr. Gleich halb zwei. Selbst wenn Dieter jetzt ins Hotel käme, wäre er sicher nicht mehr Manns genug, um sich noch einer Geliebten hinzugeben. Sie zog ihren Poncho fester an sich, damit die Kälte nicht darunter kroch.

Sie war kurz davor, wieder in ihr Hotel zurückzugehen, als sie eine dunkle Gestalt sah, die auf das Nordseehotel zusteuerte. War das Dieter? Nein, es war kein Mann. Das konnte sie jetzt im fahlen Licht des Eingangs deutlich erkennen. Es war eine große schlanke Frau, die einen dunklen Trenchcoat trug und ein großes Tuch um ihren Kopf geschlungen hatte. Sie trug eine dunkle Sonnenbrille. Warum das? Mitten in der Nacht, wo sowieso alles dunkel war. Ob das die Fremde war, mit der Dieter etwas hatte? Ging sie jetzt vielleicht mit seinem Zimmerschlüssel voraus in ihr gemeinsames Liebesnest?

In Sabine pulsierte es. Plötzlich war es ihr gar nicht mehr kalt. Sie wusste, dass Dieter das Zimmer 214 hatte. Und wenn da jetzt gleich das Licht anging, dann würde sie Gewissheit haben. Sie wartete. Drei Minuten ... vier Minuten ... und nach zehn Minuten wusste sie, dass sie sich geirrt hatte. Die Frau war nicht in Dieters Zimmer gegangen. Doch das beruhigte sie nur vage. Denn genauso gut konnte es ja sein, dass die schöne Unbekannte selber ein Hotelzimmer in diesem Hause hatte.

Völlig frustriert und durchgefroren lief Sabine eine halbe Stunde später zu ihrer Pension. Am nächsten Abend musste sie es einfach geschickter anstellen, wenn sie ihren Mann in flagranti erwischen wollte. Sie hatte ja keine Ahnung davon, dass Dieter an diesem Abend bereits um zwanzig Uhr frustriert seine Bettdecke über sich gezogen hatte und bereits wie ein Murmeltier schlief. Und so hatte er auch nicht mehr mitbekommen, dass um kurz nach eins zaghaft an seine Zimmertür geklopft worden war.

Die wertvolle Briefmarke

Eva war am Samstagmorgen schon vor ihrem Wecker, den sie auf acht Uhr gestellt hatte, wach. Heute war ja der große Tag der Briefmarkenfreunde. Jürgen hatte sie gebeten, eine kleine Rede zu halten. Und deshalb konnte sie schon seit zwei Stunden nicht mehr richtig schlafen. Was sollte sie denn zu dem Thema Briefmarken sagen? Sie hatte doch nicht den blassesten Schimmer. Frustriert stieg sie aus dem Bett, setzte einen Kaffee an und ging ins Bad. Eigentlich wollte sie duschen, doch plötzlich hatte sie keine Lust, um diese Zeit und dazu noch am Wochenende in der Küche zu hocken. Kein anderer Umstand machte einem so schonungslos deutlich, dass man alleine war.

Also putzt sie sich nur kurz die Zähne, schnitt sich im Spiegel eine Grimasse und lief ins Wohnzimmer. Dort schnappte sie sich ihren Laptop, ging in die Küche und schenkte sich den inzwischen fertigen Kaffee in einen Becher und kroch so gerüstet wieder unter ihre Bettdecke.

Kurz darauf tauchte sie auf *Wikipedia* in die Welt der Philatelisten ein.

Als sie die vielen Seiten gelesen und durchgeklickt hatte und dabei auch noch feststellte, dass es zahlreiche Briefmarkenvereine gab, war sie doch beeindruckt, dass das ganze Treiben bisher spurlos an ihr vorbeigegangen war. Von wegen, niemand sammelte mehr Briefmarken. Und wenn sie die Historie des Wertzeichens, als was es ja ursprünglich zur Beförderung von Briefen erfunden worden war, betrachtete, dann musste sie zugeben, dass das ganze tatsächlich seinen Reiz hatte. Sie träumte davon, die erste Marke, den *One Penny Black aus dem Vereinigten Königreich von 1840* zu besitzen, und damit die Truppe heute Abend zu beeindrucken. Ihr fiel dieser Gerlach wieder ein, der etwas in ihrem Safe deponiert hatte. Um welche Marke es sich bei seinem Schatz wohl handelte? Langsam wurde sie tatsächlich neugierig. Sollte sie vielleicht in die Dienststelle gehen und einfach nachsehen? Es juckte sie in den Fingern. Vielleicht später, dachte sie und kopierte sich einige Informationen aus dem Internet und sammelte sie auf einem neuen Dokument, um es später als Grundlage für ihre Rede auszudrucken.

Sie vertiefte sich so in das Thema, dass sie gar nicht merkte, dass es bereits halb zehn war, als es an ihrer Tür klingelte. Und sie lag immer noch im Bett, wenn auch nicht schlafend. Jürgen konnte es eigentlich nicht sein. Sie hatten sich erst für den Nachmittag auf einen Kaffee im Strandcafé verabredet. Also ließ sie es klingeln und stöberte weiter im Internet. Die erste offizielle Briefmarke gab es demnach tatsächlich im Jahr 1840. Doch dabei handelte es sich eher um einen Papierstreifen, der noch keine Klebefläche hatte. Er musste noch mit einer Klammer am zu transportierenden Brief befestigt werden. Da die Menschen nach Erfindung der Bahn immer mehr Briefe verschickten, erlebte die Briefmarke als einfachste Gegenleistung für das zu entrichtende Porto eine rasante Entwicklung in vielen Ländern. In Deutschland hielt mit der Marke der *Schwarze Einser* die Briefmarke im Jahr 1849 Einzug. Irgendwann erfand man dann die Klebefläche und die Perforation, um die Handhabung der Marken zu vereinfachen.

Eva war hin und her gerissen. Dass das Thema so spannend sein konnte, hätte sie nie gedacht. Schon in der Schule war ihr das Geschichtsfach ein Graus gewesen. Doch wenn man im wahren Leben mit den Themen aus der Vergangenheit konfrontiert wurde, hatte auch Geschichtliches seinen Reiz. Sie sah auf ihren Wecker. Gleich war es schon halb elf. Jetzt musste sie aber wirklich aus den Federn. Und ihr ging der Umschlag in ihrem Safe nicht aus dem Kopf. Sie musste einfach sehen, was darin war. So motiviert schlug sie die Bettdecke zur Seite und ging ins Bad.

Bereits eine halbe Stunde später drehte Eva Sturm an einem kleinen Rädchen in der Polizeidienststelle. Sie schob vorsichtig die Tür auf, als täte sie etwas Verbotenes. Da lag er, der mit dem Fettfleck verunzierte Umschlag. Sollte sie wirklich? Und ob. Jetzt war sie schon mal hier und wollte wissen, was los war. Sie zog den Umschlag vorsichtig heraus, als könne sie das kleine Stückchen Papier, das sie darin vermutete, zerquetschen. Sie setzte sich damit an ihren Schreibtisch und öffnete den Umschlag.

Doch anstatt einer Briefmarke enthielt der Brief nur einen abgerissenen Zettel von einem Schreibblock, worauf in krakeliger Schrift stand:

Bitte sucht nicht nach mir. Für mich hat das Leben keinen Sinn mehr. Meine Stella ist tot und der Hof geht zugrunde. Sagt meinen Kindern, dass es mir leidtut. Heinrich Gerlach, im Oktober 2015

Ach du heilige Scheiße, dachte Eva, nachdem sie die Sätze mindestens fünfmal gelesen hatte. Ein Selbstmord beim Sammlertreffen auf Langeoog. Sie sah die dicke Überschrift in der Zeitung schon vor sich. Was würde das wieder für einen Eindruck machen. Denn sie war sich sicher, dass dieser Gerlach sich umgebracht hatte. Das war nichts anderes, als ein Abschiedsbrief. Natürlich. Und sie erinnerte sich auch an das plätschernde Geräusch, als sie am Vorabend am Strand entlang zu ihrer Wohnung gelaufen war. Hatte dieser Trottel sich etwa vor ihren

Augen in die Fluten gestürzt? Und die viel wichtigere Frage war: Hätte sie es verhindern können, wenn sie rechtzeitig reagiert hätte? Was sollte sie jetzt bloß machen? Sie überlegte kurz, den Brief einfach wieder in den Umschlag zu stecken und im Safe verschwinden zu lassen. Es wusste außer Jürgen doch niemand davon, dass Gerlach etwas bei ihr hinterlegt hatte. Und Jürgen würde sie schon so weit kriegen, den Mund zu halten. Aber dann fiel ihr diese blöde Quittung wieder ein, die sie Heinrich Gerlach übergeben hatte. Und wenn sie Pech hatte, dann fischte man ihn bald aus der Nordsee und fand das verräterische Papier, das direkt in ihre Dienststelle führte. Sie hatte nur noch eine Chance, sie musste den Selbstmörder vor den anderen finden. Und bei dem Sturm, der gestern Abend fegte, da konnte es gut sein, dass der Leichnam weit hinausgetrieben und schon untergegangen war. Wenn die Leiche zwei Tage unten blieb, dann würde sich auch die Quittung auflösen, zumindest die Tinte, mit der sie sie ausgefüllt hatte. Dachte sie hier gerade wie eine angehende Verbrecherin? Durchaus, stellte sie fest. Und im nächsten Augenblick schämte sie sich dafür. Doch nach so vielen Berufsjahren konnten schon mal die Pferde mit einem durchgehen.

Sie griff zum Telefon und rief Jürgen an. »Du musst sofort in die Dienststelle kommen«, sagte sie nur und legte wieder auf.

»Du kannst doch diesen Abschiedsbrief nicht einfach verschwinden lassen«, polterte Jürgen, als er die Zeilen gelesen hatte. »Was ist bloß los mit dir? Da hat sich ein Mensch das Leben genommen, weil er total am Ende war und du willst das vertuschen?« Fassungslos sah er sie an.

»Jürgen, nun sieh das Ganze doch mal pragmatisch«, sagte Eva emotionslos. »Wie sieht das denn aus, wenn über das große Treffen der Briefmarkensammler so ein Schatten schwebt. Die Presse wird sich darauf stürzen. Und wenn sie dann Wind davon bekommen, dass ich die Letzte war, die ihn gesehen hat, dann wird sich jeder fragen, warum ich nichts bemerkt habe.«

»Das frage ich mich allerdings auch.«

»Siehst du. Ich will doch nur, dass ein bisschen Gras über die Sache wächst.«

»Du hast echt einen Knall«, schimpfte Jürgen. »Du vergisst wohl völlig, dass an die achtzig Vereinsfreunde Heinrich Gerlach heute Abend beim Dinner erwarten. Glaubst du wirklich, dass nicht einer nach ihm fragen wird? Sag mal, wie naiv bist du eigentlich?« Jürgen schimpfte weiter wie ein Rohrspatz, und Eva wich zurück. War das jetzt das Ende ihrer guten Beziehung?

»Es stimmt ja alles, was du sagst«, gab sie schließlich zu. »Vielleicht ist es auch nur mein schlechtes Gewissen, das mich treibt. Ich glaube, ich hätte seinen Selbstmord verhindern können.«

»Wie bitte? Das wird ja immer schöner ...«

»Als ich gestern Abend nach Hause gelaufen bin, habe ich noch einen Umweg am Strand entlang gemacht und da habe ich etwas gehört. Es war so ein merkwürdiges Geräusch, aber ich habe es auf den Wind geschoben, der das Wasser aufmischt.« Sie machte ein betretenes Gesicht.

Jürgen beruhigte sich und sagte: »Ich vergesse jetzt einfach, was du mir gerade vorgeschlagen hast. Und jetzt werden wir die Küstenwache informieren, dass ein Mann Ende sechzig vermisst wird. Einverstanden?«

Eva nickte nur und wählte die Nummer.

Danach gingen sie gemeinsam zum Nordseehotel, um den Vereinsvorsitzenden zu informieren. Natürlich machte die Nachricht schnell die Runde und viele standen bestürzt oder weinend am Strand von Langeoog. Es war genauso, wie Eva es sich in ihren schlimmsten Vorstellungen ausgemalt hatte. Und natürlich wurden Fotos von der

Lokalredaktion geschossen und Vereinsmitglieder befragt. Das Dinner am Abend würde garantiert keine Spaßveranstaltung werden.

Das große Dinner

Dieter Wattjes hätte schwören können, diese langen schlanken Beine zu kennen, die er kurz, bevor sich die Fahrstuhltür vor seiner Nase schloss, gesehen hatte. Doch er täuschte sich sicher. Weil er keine Lust hatte zu warten, ging er zum Treppenhaus, um die Stufen herunterzulaufen. Im letzten Moment konnte sich Sabine in einen Vorratsraum für Putzmittel retten, als Dieter plötzlich in ihre Richtung gelaufen kam. Eigentlich war er doch viel zu faul zum Treppen steigen. Sicher hätte er sie in ihrem Aufzug mit den schwarzen Haaren und der dicken Sonnenbrille nicht erkannt. Doch ihr Herz schlug ihr bis zum Hals, als sie hörte, wie er an ihr vorbeilief.

Die Stimmung war gedrückt, als Dieter im *Restaurant Verklicker* ankam. Fast alle waren schon da. Doch statt der schönen Feierstimmung hatte Trauer obsiegt über einen verlorenen Vereinskameraden, der freiwillig aus dem Leben geschieden war. Das Ereignis wurde mit viel Korn begossen, so dass die meisten schon um zweiundzwanzig Uhr einen sitzen hatten. Zumindest, was die Männer betraf. Aber auch die Frauen langten ordentlich zu, um ihren Gefühlen freien Lauf zu lassen.

Eva knüllte ihre ausgedruckte Rede, die vor ihr auf dem Tisch lag, mit den Fingern zusammen. Niemand wollte jetzt hören, was sie von Briefmarkensammlern hielt.

Der Vorsitzende lobte die Freundlichkeit und den ewigen Einsatz für den Verein von Heinrich Gerlach in den Himmel. Natürlich, jetzt waren alle geschlossen der Meinung, der Verblichene sei die Stütze des gesamten Vereins gewesen. Und wieder prosteten sie sich zu, obwohl man die Leiche noch gar nicht gefunden hatte.

Eva stellte sich vor, dass plötzlich die Tür aufging und Gerlach leicht verwirrt den Raum betrat. Doch nicht einmal sie glaubte daran, dass das jemals geschehen würde. Also kippte auch sie einen Korn nach dem andern runter, so wie Jürgen, der betreten neben ihr saß. Er hatte es offensichtlich immer noch nicht ganz verwunden, dass sie versucht hatte, ihn in eine verbrecherische Verschwörung mit hineinzuziehen.

»Du Jürgen ...«, Eva stieß ihn am Arm.

»Was?«

»Es tut mir leid.«

»Hm ...«

»Jürgen?« Der Alkohol ließ sie hemmungsloser agieren.

»Was?« Er drehte sich zu ihr hin.

»Kannst du mir … nochmal verzeihen?« Ihre Augen wurden feucht.

Jürgen musste das in der Beleuchtung gesehen haben. Plötzlich tat sie ihm leid.

»Schon gut, Eva. Vergessen wir den ganzen Scheiß.« Er hielt ihr noch einen Korn hin und sie stießen an.

»Ich mach das auch nie wieder, versprochen«, nuschelte sie ihm in den Hemdkragen.

»Das ist gut, sonst müsste ich dich nämlich übers Knie legen«, sagte Jürgen und grinste.

Sie lächelte nur und schenkte nach.

Um kurz vor Mitternacht torkelten die Ersten aus dem Restaurant. Heinrich Gerlach war gebührend verabschiedet worden und das Essen hatte allen geschmeckt. Irgendwann wurde auch die Stimmung dank des Alkoholpegels gelöster und einige rissen Witze. Das Vereinsleben ging weiter.

Eva und Jürgen verließen gemeinsam die Feier und gingen noch am Strand entlang, wo Eva sich dann übergab. Danach hakte sie sich bei Jürgen unter, der sie sicher zu ihrer Wohnung brachte.

»Willst du noch einen Kaffee?«, fragte Eva ernüchtert, als sie vor ihrer Haustür standen.

»Heute lieber nicht«, sagte Jürgen. »Ich muss morgen wieder früh raus.«

Er verabschiedete sich mit einem dahingehauchten Kuss auf die Wange und ging seiner Wege.

Gegen eins hatte auch Dieter Wattjes die Nase voll und ging von der Toilette direkt zum Fahrstuhl, um auf sein Hotelzimmer zu gehen. Irgendwie hatte er sich den Abend anders vorgestellt, nachdem er die schlanken Beine gesehen hatte. Mit Heinrich Gerlach hatte ihn nichts verbunden, ihm war dieser alte Mann egal. Er hätte sich lieber vergnügt. In diesem Moment fand er es schade, dass Sabine sich den Arm gebrochen hatte. Vielleicht wäre es eine gute Gelegenheit gewesen, mal außerhalb der eigenen vier Wände wieder eine schöne Nacht miteinander zu verbringen.

Doch jetzt stand er alleine vor seiner Zimmertür. Innen warf er zunächst einen Blick in die Minibar. Nach Sekt und Rotwein stand ihm nicht der Sinn. Aber es stand auch noch ein Fläschchen *Küstennebel* darin. Er schraubte den Deckel ab und stürzte den Schnaps herunter. Es brannte in seiner Kehle. Er warf sich aufs Bett. Fast wären ihm die Augen zugefallen, als er plötzlich meinte, ein Geräusch zu hören.

Klopfte da etwa jemand an seine Zimmertür? Er richtete sich auf und spitzte die Ohren. Tatsächlich. Das war hier. Er drehte sich vom Bett und machte auf.

Der Sonntag danach

Sabine Wattjes hatte rotgeweinte angeschwollene Augen, die sie hinter einer Sonnenbrille verbarg. Sie saß jetzt auf der ersten Fähre Richtung Bensersiel. Die ganze Nacht hatte sie geweint. Bis sie eingeschlafen war. Die Erkenntnis, dass sie recht gehabt hatte mit ihrer Vermutung, war so erleichternd wie traurig zugleich gewesen.

Sie setzte sich nicht unter Deck, obwohl die Sonne von dunklen Wolken verhangen war. Sie strafte sich mit dem peitschenden kalten Wind, der ihr über die Haut wie ein scharfes Messer strich. Sie wollte Schmerzen spüren. Andere als die in ihrem Herzen. Denn die taten noch viel mehr weh. Was würde sie als Erstes tun, wenn sie wieder zuhause in Moormerland war? Putzen? Kochen? Einkaufen? Es kam ihr absurd vor, ihr Leben wie bisher weiterzuführen. Sollte sie einfach ihre Sachen packen und verschwinden? Spurlos verschwunden sein? Doch sie wusste, dass sie das nicht konnte. Sie war der Typ Frau, der über alles reden musste. Sie brauchte klare Verhältnisse, auch wenn sie weh taten. Sie konnte doch nicht mit einem Mann zusammenleben, der sie betrog. Doch sie war auch nicht naiv. Die fünfzehn Jahre Ehe waren auch für sie nicht leicht gewesen. Wer konnte schon auf Dauer das Gefühl der Verliebtheit aufrechterhalten? Auch sie hatte mit anderen Männern geflirtet. Nur, soweit war sie nie gegangen. Wäre es leichter, wenn auch sie ein Verhältnis gehabt hätte? Aber was war eine Ehe denn noch wert, wenn man dem anderen nicht treu war? Viele Männer ihrer Freundinnen waren nicht treu. Das war regelmäßig Thema bei den Nachmittagen bei Tee und Kuchen in der Nachbarschaft. Sabine hatte sich gerne daraus gehalten. Sie wollte an die Liebe glauben und nicht an etwas, das verging. Sie liebte Dieter doch. Warum konnte er ihr so etwas antun? Tränen liefen wieder über ihre Wangen und brannten auf der eiskalten Haut. Jetzt setzte auch noch ein leichter Regen ein. Sie entschied sich, doch unter Deck zu gehen und einen Kaffee zu trinken. Ihre Hände fühlten sich wie abgestorben an.

»Entschuldigung«, sagte eine Stimme neben ihr. Sabine sah nicht einmal auf. Irgendjemand hatte sie angerempelt. Es war ihr egal. Hätte sie ihren Blick gehoben, dann hätte sie sie vielleicht erkannt. Aber so ging sie gesenkten Hauptes einfach an ihr vorbei.

*

Auf Langeoog machten sich die ersten Vereinsmitglieder langsam auf den Weg zum Gruppenraum im Nordseehotel. Vielen brummte vom vielen Schnaps noch der Schädel. Um elf Uhr sollte es mit der Tauschbörse losgehen. Nach einem Mittagessen im Hotelrestaurant wollten sich die Ersten am Nachmittag bereits wieder auf den Weg zur Fähre machen, weil sie am nächsten Tag wieder arbeiten mussten.

»Wie geht es dir?«, fragte Eva, als sie die Tür zur Touristinfo öffnete.

Jürgen sah erstaunt auf. »So früh schon auf den Beinen?«, fragte er, ohne auf ihre Frage einzugehen.

Die Stimmung war eindeutig noch unterkühlt.

»Gibt es heute gar keine Käsebrötchen?«, fragte Eva lachend. Irgendwie musste Jürgen doch aufzutauen sein.

»Ne, wir waren ja heute nicht verabredet«, sagte Jürgen knapp.

Alter sturer Esel, dachte Eva.

»Na, ich geh dann mal in die Dienststelle«, sagte Eva schließlich, als er sie nicht weiter beachtete. Doch bevor sie zur Tür herausgehen konnte, wurde diese von außen aufgerissen.

»Es gibt einen Toten im Nordseehotel«, schrie eine junge Frau. »Sie müssen sofort kommen Eva.«

Eva kannte sie vom Ansehen. »Im Hotel?«, fragte sie ungläubig, denn ihr war sofort Heinrich Gerlach wieder eingefallen. Aber wie sollte der in das Hotel gekommen sein? Sein Zimmer war leer gewesen, als man nach ihm gesucht hatte. Und da er ihrer Meinung nach ins Wasser gegangen war, war es recht unwahrscheinlich, dass er jetzt tot im Hotel lag.

»Ja, es ist überall Blut. Der Chef hat gesagt, dass ich Sie suchen soll ... da ich Sie auf der Dienststelle nicht angetroffen habe ...« Sie atmete heftig vor Aufregung.

»Okay, dann sollten wir jetzt gehen«, sagte Eva und ging mit ihr wieder hinaus. Jürgen folgte ihnen. Seine Neugier war eindeutig größer als seine verletzten Gefühle.

»Er heißt Dieter Wattjes«, sagte die junge Frau, während sie neben Eva herlief.

»Der Tote?«

Die junge Frau nickte. »Ich wollte heute Morgen die Betten machen, da hab ich ihn entdeckt. Es war so schrecklich.«

In Evas Kopf arbeitete es fieberhaft. Erst ein Selbstmord und dann auch noch Mord. Und das alles hier auf ihrer kleinen Insel bei einem Vereinstreffen. Sie hoffte, dass das jetzt wirklich die letzte Hiobsbotschaft war, bevor die Gruppe wieder abreiste am Montag.

Im Hotel herrschte Aufregung. Viele Vereinsmitglieder waren im Foyer versammelt und tuschelten miteinander. Gerade die Frauen standen zusammen und nickten sich zu und schlugen die Hände vor den Mund.

»Frau Sturm, gut dass Sie kommen«, sagte der Hotelbesitzer. »Ich habe das Zimmer abschließen lassen, damit niemand hineingeht.«

»Das war eine gute Entscheidung«, lobte Eva. »Welche Zimmernummer?«

»Ich bringe Sie hin.« Der Hotelier lief voraus zum Fahrstuhl.

Dieter Wattjes lag halb bekleidet auf dem Bauch auf seinem Bett. Das Kissen, auf dem sein Kopf in unnatürlich verdrehter Haltung lag, war tiefrot gefärbt. Offensichtlich hatte ihm jemand ordentlich eins über den Schädel gegeben.

»Bitte lassen Sie mich jetzt alleine«, sagte Eva. »Es sollten nicht allzu viele Menschen hier drin sein, bevor die Spurensicherung da war.«

»Natürlich.« Der Hotelier zog sich zurück.

Jürgen unterhielt sich derweil mit dem Vorsitzenden des Briefmarkenvereins in der Hotelhalle.

»Das sind ja wirklich traurige Umstände, unter denen Ihre Veranstaltung hier stattfindet«, sagte er mitfühlend.

»Tja, das werden wir alle wohl so schnell nicht vergessen«, meinte der Vorsitzende. »Und irgendjemand muss ja auch noch Sabine ... ich meine Dieters Frau informieren. Sie wollte ja eigentlich mit dabei sein, doch sie hatte einen Unfall und ist zuhause geblieben. Gut nur, dass die beiden keine Kinder haben.«

»Ja, wenn Kinder betroffen sind, ist es immer doppelt schlimm. Wie gut kannten Sie denn das Opfer?«

»Den Dieter? Ach, den kenne ich schon seit über zehn Jahren, als er in unseren Verein eingetreten ist. Er war ein feiner Kerl. Hat keiner Fliege was zuleide getan. Ich verstehe das alles nicht ...«

»Sie haben also keine Idee, wer ihn ermordet haben könnte?«, hakte Jürgen nach. Dann wurde er unsanft am Ärmel nach hinten gezogen.

»Führst du hier etwa gerade eine Zeugenbefragung durch?«, zischte Eva ihm zu.

»Ich wollte dir nur behilflich sein ...«

»Du weißt, dass ich dadurch in Teufels Küche kommen kann ...«

»Da fühlst du dich doch ganz wohl«, sagte Jürgen schnippisch.

»Jetzt reicht es aber wirklich. Wir sprechen uns noch.«

Eva wandte sich ab, bevor sie noch weitere Boshaftigkeiten ausspie.

Als sie sich umdrehte, war der Vereinsvorsitzende aus ihrem Blickfeld verschwunden.

Eine halbe Stunde später traf die Spurensicherung aus Aurich ein. Auch Gerichtsmediziner Ole Meemken war mit herübergeflogen. Als Dieter Wattjes in einem Zinksarg nach draußen getragen wurde, setzte Eva sich mit Ole Meemken an einen Tisch im Restaurant.

»Der Schädel des Opfers ist aufgeplatzt wie eine reife Melone«, sagte der Gerichtsmediziner.

Eva musste würgen. Was vielleicht auch am Korn lag, den sie gestern Abend in sich hineingeschüttet hatte wie Mineralwasser.

»Was könnte die Tatwaffe gewesen sein«, presste sie zwischen den Zähnen hervor.

»Hm ... auf jeden Fall etwas verdammt Schweres«, meinte Ole Meemken. »Für so eine Wucht reicht eine Weinflasche jedenfalls nicht aus. Denn sonst habe ich nichts anderes in dem Zimmer gefunden, was in Frage käme. Aber wie gesagt, es muss etwas anderes gewesen sein.«

»Vielleicht hat der Täter die Tatwaffe mitgenommen«, vermutete Eva.

»Davon gehe ich aus. Und vielleicht hatte er sie ja auch mitgebracht.«

»Das hieße dann Vorsatz.«

Ole Meemken nickte. »Wenn ich die abschließende Untersuchung durchgeführt habe, schicke ich dir sofort den Bericht.«

»Okay. Und prüfe bitte auch, ob er Sex gehabt hat.«

»Mach ich doch immer«, lachte Meemken, »Männer, die alleine in Hotelzimmern wohnen, ist sowas ja durchaus zuzutrauen.«

»Ja sorry. Ich meinte nur, weil er da halbnackt auf dem Bett lag.«

»Schon gut.«

Als die Menschenansammlung im Hotel sich langsam auflöste, weil es nichts Interessantes mehr zu sehen gab, entdeckte Eva, dass Jürgen bedröppelt alleine an einem Tisch im Foyer saß. Sie lief zu ihm herüber, als er sie entdeckte.

»Was für ein Mist, oder?« Sie setzte sich zu ihm.

»Kann man wohl sagen ... und dabei hatte ich alles so gut vorbereitet.« Jürgen schien wirklich geknickt. Dabei traf ihn sicher am allerwenigsten die Schuld an allem.

»Ich habe jetzt ein bisschen Leerlauf. Wollen wir zusammen zum Italiener gehen?«

Jürgen nickte und sie verließen das Hotel, nachdem Eva dem Vorsitzenden noch mitgeteilt hatte, dass sie alle Vereinsmitglieder um fünfzehn Uhr zu einer Befragung im Restaurant des Hotels erwarte.

Heute bestellte auch Eva sich eine Pizza mit doppelt Käse. Dazu eine große Flasche Mineralwasser. Sie hatte Nachdurst.

»Ich bin so froh, wenn die morgen alle wieder abreisen«, stöhnte sie, als sie halb aufgegessen hatte.

»Nie wieder ein Briefmarkenverein auf Langeoog«, maulte Jürgen. »Auf jeden Fall nicht mit meiner Unterstützung.«

»Nun hör aber auf. Du hast deine Sache gut gemacht. Aber ich frage mich, was hinter dem Mord stecken kann.« Sie wischte sich den Mund mit einer Serviette ab. »Ob dieser Wattjes eine wertvolle Briefmarke hatte?«

»Du meinst, man hat ihn wegen eines Papierschnipselchens den Schädel eingeschlagen?«

»Oh, du hast ja keine Ahnung, was die Dinger wert sein können. Ich hab mich ja näher damit beschäftigt. Es gibt Marken, die sind Millionen wert.«

»Ach, und du glaubst, dass ausgerechnet ein Ostfriese so einen Schatz mit nach Langeoog geschleppt hat in seinem Handgepäck? Hätte er dann nicht deinen Safe in Anspruch genommen?«

Eva überlegte kurz. »Du hast recht. Selbst wenn es nicht um Millionen ging, aber er hätte sie in Sicherheit gebracht. Dann bleibt wohl nur noch Eifersucht.«

»Oder Rivalitäten innerhalb des Vereins.«

»Oder alles zusammen«, meinte Eva. »Auf jeden Fall muss ich morgen aufs Festland rüber und die Frau von Dieter Wattjes befragen. Es sind schon zwei Beamte vom Festland zu ihr unterwegs, um ihr die schlechte Nachricht zu überbringen.«

»Dann komme ich mit«, sagte Jürgen.

»Wie? Nach Moormerland zu Frau Wattjes?«

»Genau.«

»Aber wieso? Und außerdem hast du doch deine Touristinfo.«

»Ach, das schafft Anja schon alleine. Ich hab da noch was gutzumachen bei dir.« Verschämt sah er auf seinen Teller.

»Das ist doch Quatsch. Du hast völlig richtig gehandelt, als du mich von diesem unsäglichen Plan abgehalten hast. Ich muss für einen Moment komplett den Verstand verloren haben.«

»Einen Moment, nun ja ...«, foppte Jürgen.

Es war wieder alles beim Alten, dachte Eva zufrieden. Insgeheim war sie froh, dass Jürgen sie begleiten würde.

»Es tut mir leid, dass ich dich vorhin vor dem Vereinsvorsitzenden so angefahren habe«, sagte sie mit vollem Mund.

»Ach schon gut. Du hast ja recht, du bist hier die Ermittlerin«, beschwichtigte Jürgen. »Es war sowieso nur Geplänkel. Sie kannten sich schon über zehn Jahre, aber von einer besonders wertvollen Marke hat er nichts gesagt. Und ich gehe mal davon aus, dass zumindest der Vereinsvorsitzende davon wüsste, wenn der Wattjes so etwas gehabt hat.«

»Na siehst du, das bringt uns doch schon ein gutes Stück weiter«, meinte Eva zufrieden.

Pünktlich um fünfzehn Uhr kehrte Eva zum Hotel zurück und knöpfte sich jedes Vereinsmitglied einzeln vor. Als sie mit der Befragung fertig war, war es fast zwanzig Uhr. Und es hatte sie kein Stück weitergebracht. Jeder war entsetzt, konnte sich nichts erklären und hoffte, dass man den Täter erwischte. Und niemand konnte sich vorstellen, dass Dieter Wattjes wegen einer Liebschaft umgebracht worden war. Und dass er besonders wertvolle Marken haben sollte, nein, davon hatte auch noch nie jemand was gehört.

Wieder zuhause

Als sie in ihre Wohnung kam, streifte sie als Erstes die dicken Schuhe ab. Sie war es nicht gewohnt, in solchen Klötzen durch die Gegend zu laufen. Doch da sie nicht davon ausging, dass Stöckelschuhe im Oktober auf einer ostfriesischen Insel unauffällig genug waren, hatte sie sich Boots mitgenommen. Und sie hatte es nicht bereut. Es war verdammt kalt gewesen auf der Rückfahrt. Und dann hatte es auch noch angefangen zu regnen.

Sie stellte ihre Tasche ins Gästezimmer, streifte ihren Trenchcoat ab und ließ ihn achtlos auf den dicken Teppich gleiten.

In der Küche holte sie eine Flasche Champagner aus dem Kühlschrank und goss sich ein Glas ein. Das Prickeln auf ihrer Zunge erinnerte sie an die letzte Nacht. Er war so heiß auf sie gewesen. Enthemmt durch den Alkohol hatte er ihr immer wieder die obszönsten Worte ins Ohr geflüstert, so dass ihr Nacken eine einzige erogene Zone mit aufgestellten kleinen Härchen war. Nein, so guten Sex hatte sie seit langem nicht gehabt. Sie war sich sicher, dass er es genauso empfunden hatte.

Beschwingt lief sie ins Bad und ließ Wasser in die runde Wanne laufen. Sie wollte sich entspannen und dann die Unterlagen für die ersten Mandanten am nächsten Tag vorbereiten.

*

Als Sabine Wattjes auf die Auffahrt fuhr, überkam sie ein Gefühl der Trostlosigkeit. Wie gelähmt saß sie in ihrem Wagen. Sie konnte doch jetzt nicht aussteigen und in das Haus gehen, das ihnen gemeinsam gehörte. Der Traum vom Eheleben war für immer ausgeträumt. Nie wieder würde sie ihm vertrauen können. Nie wieder. Regnete es oder waren es ihre Tränen, die ihr den Blick verschleierten. Ihre Hände hielten sich krampfhaft am Lenkrad fest, so dass es wehtat.

Plötzlich klopfte jemand an die Fensterscheibe.

»Frau Wattjes? Ist alles in Ordnung?«

Das war die Nachbarin von nebenan. Ausgerechnet die Frau, die den ganzen Tag an der Fensterscheibe klebte und vermutlich mehr über ihr Leben wusste als sie selbst. Sie konnte ihr in diesem Zustand unmöglich unter die Augen treten. Am nächsten Tag würde die ganze Straße darüber Bescheid wissen, dass sie mit rotgeweinten Augen in ihrem Auto vor dem Haus gesessen hatte. Und dass sie eine ganz bemitleidenswerte Frau war.

Sabine antwortete ihr nicht. Sie drückte den Türknopf herunter, startete den Wagen wieder und fuhr von der Auffahrt. Aus dem Augenwinkel heraus sah sie, wie die Nachbarin erschrocken zurücksprang. Selbst wenn sie ihr über die Füße gefahren war, es war ihr in diesem Moment vollkommen gleichgültig.

Sabine wusste nicht wie lange und wohin sie eigentlich gefahren war. Schließlich stand sie in Emden auf einem großen Parkplatz. Sie sah in den Rückspiegel. Die Schwellung der Augen war ein wenig zurückgegangen. Konnte sie es wagen, sich in ein Café zu setzen? Warum nicht, dachte sie, und stieg aus. Wer sollte sie hier schon kennen? Sie fuhr nur selten nach Emden und Verwandte gab es da auch nicht. So suchte sie sich einen freien Tisch in einem netten Lokal und bestellte sich ein Kännchen Kaffee. Sie wollte warten, bis es dunkel war, bevor sie erneut nach Hause fuhr. Nach Hause, dachte sie. Hatte das überhaupt noch eine Bedeutung?

Während sie in ihrem Kaffee rührte und grübelte, beantwortete ihre Nachbarin die Fragen zweier Beamter, die an ihrer Tür geklingelt hatten. Ja, sie habe Frau Wattjes heute schon gesehen, sagte die Nachbarin aus. Sie habe sich irgendwie eigenartig benommen. Habe auf ihrer Auffahrt in ihrem Wagen gesessen und sei nicht ausgestiegen. Als sie an ihre Scheibe geklopft habe, um sich zu erkundigen, ob alles in Ordnung sei, da habe sie einfach Gas gegeben und sei davongebraust. Ob denn etwas passiert sei? Die Beamten sagten nichts von dem Mord an Dieter Wattjes. Sie trugen der Nachbarin nur auf, dass sie sie sofort informieren sollte, falls Sabine Wattjes wieder auftauchte. Die Nachbarin steckte zerknirscht die Visitenkarte ein und versprach, anzurufen. Mit einem Kännchen Tee und ein paar Scheiben Brot mit Schmalz und Grieben machte sie es sich an ihrem Küchenfenster gemütlich und wartete.

Als Sabine um neunzehn Uhr auf ihre Auffahrt fuhr, wurde die Tür im Nebenhaus ungeduldig aufgerissen.

»Frau Wattjes ... warten Sie«, rief die Nachbarin aufgeregt und kam herübergerannt.

So ein Mist, dachte Sabine. Warum konnte diese Person sie nicht einfach in Ruhe lassen.

»Die Polizei war da«, rief die Nachbarin außer Atem, als sie vor Sabine stand.

»Die Polizei?« Sabine wurde hellhörig. »Warum? Was wollten sie von mir?«

»Das weiß ich nicht. Aber ich habe hier eine Karte mit der Nummer, wo Sie anrufen sollen. Das heißt, eigentlich haben Sie mich gebeten anzurufen, falls sie wieder nach Hause kommen. Aber eigentlich können ja auch Sie

selbst ...«

Sie reichte Sabine die Karte.

»Danke. Dann werde ich mich am besten gleich dort melden«, sagte Sabine und machte Anstalten, ins Haus zu gehen.

Die Nachbarin stand wie angewurzelt da. Natürlich war Sabine klar, dass sie jetzt zur Belohnung alles wissen wollte. Doch sie wusste ja selber noch nicht, worum es ging und würde sich ganz bestimmt nicht dieser Person anvertrauen.

»Danke nochmals für Ihre Hilfe«, sagte Sabine und verschwand im Haus. Als sie durch das Flurfenster nach draußen sah, war die Nachbarin verschwunden.

Sie stellte ihre Tasche ab und zog Jacke und Schuhe aus. Sie war so unendlich müde und erschöpft. Am liebsten hätte sie jetzt ein Bad genommen und wäre einfach ins Bett gekrochen. Doch was wollte die Polizei von ihr? Es war sicher ihre Pflicht, sich dort jetzt zu melden. Selbst um diese Uhrzeit noch.

Also griff sie zum Telefon und wählte die Nummer auf der Visitenkarte. Es meldete sich ein Mathias Sanders von der Polizeistation in Leer. Als er wusste, mit wem er es zu tun hatte, erklärte er, dass er gleich noch vorbeikäme.

Komisch, dachte Sabine. Es musste wohl etwas Schlimmeres passiert sein.

Eine halbe Stunde später sackte sie ohnmächtig in ihrem Wohnzimmer zusammen.

Eva und Jürgen in Moormerland

»Weißt du Jürgen, ich finde es ja nett, dass du mich immer begleitest, aber so langsam komme ich mir wie eine Schwerbehinderte vor.«

Sie saßen auf der ersten Fähre nach Bensersiel, um der Witwe von Dieter Wattjes einen Besuch abzustatten.

»Ich weiß nicht, was du immer hast …« Jürgen rührte in seinem Kaffee.

»Oh, das weißt du sehr wohl. Ich meine, traust du mir eigentlich nicht zu, dass ich einen Fall auch alleine lösen kann?« Eva schien gereizt.

»Das hat doch damit nichts zu tun. Und wenn du dich genau zurückerinnerst, dann warst doch du es, die mich im Fall des Ringmörders in die Ermittlungen hineingezogen hat.«

Da musste sie ihm allerdings recht geben.

»Aber das war doch nur, weil ich es nie im Leben geschafft hätte, alle Standesämter alleine abzutelefonieren.« Sie sah aus dem Fenster und schaute den brechenden Wellen zu. »Aber jetzt ist es doch etwas ganz anderes. Ich werde gleich eine Witwe eines Mordopfers befragen. Als was soll ich dich denn vorstellen? Meinen Chauffeur?«

»Sag doch einfach Kollege.« Jürgen atmete tief ein und aus. Sicher ging ihm diese Diskussion gewaltig auf die Nerven.

Eva erwiderte nichts mehr, bis die Fähre anlegte. Und auch Jürgen nahm keinen neuen Anlauf für eine Unterhaltung.

»Wollen wir auf dem Rückweg vielleicht noch bei Klara Tee trinken?« Eva wollte das Gespräch gerne wieder in Gang bringen.

Jürgen zuckte mit den Achseln. »Wenn du dafür noch Zeit findest bei deinem aufregenden Job.«

»He, nun sei nicht eingeschnappt«, maulte Eva. »Ich meine es doch nicht böse. Außerdem könnten wir vielleicht wieder Klaras Wagen für die Fahrt nach Moormerland nutzen.«

»Du verstehst es ja wirklich, die Leute für dich einzuspannen«, erwiderte Jürgen knurrig.

Eindeutig eins zu null für ihn, dachte Eva. War es wirklich so, dass sie andere Menschen gerne für ihre Zwecke ausnutzte? Sie musste unbedingt einmal darüber nachdenken, wenn sie Zeit hatte. Doch das war jetzt nicht der Fall. Sie winkte ein Taxi heran und nannte Klara Bertschoos Adresse in Esens.

Die alte Dame freute sich wie ein Schneekönig über den unerwarteten Besuch. Sie ließ es sich nicht nehmen, die beiden mit einer leckeren Tasse Ostfriesentee mit Wulkje zu verwöhnen. Die Spannung zwischen Eva und Jürgen verflüchtigte sich und alles schien wieder in bester Ordnung, als sie in den alten Opel stiegen und Richtung Moormerland fuhren. Auf der A31 wurde wieder gebaut und sie war nur einspurig befahrbar, so dass sie schließlich gegen Mittag bei Sabine Wattjes eintrafen. Vorsichtshalber hatte Eva sie bereits von Esens aus angekündigt, damit sie sie auch antrafen. Doch so, wie Sabine aussah, wäre sie nie im Leben aus dem Haus gegangen. Als sie am Vorabend ohnmächtig zusammengeklappt war, nachdem Mathias Sanders aus Leer ihr die schlimme Nachricht übermittelt hatte, stand sie unter Schock und Beruhigungsmitteln.

»Guten Tag, ich bin Eva Sturm«, stellte sie sich vor. »Und das ist Jürgen ... mein Kollege.«

Sabine Wattjes bekam sicher nur die Hälfte mit und bat die beiden ins Haus. Das eingefallene Gesicht war rotfleckig und die Augen angeschwollen. Vorsichtig wie auf Glatteis lief sie voraus ins Esszimmer, wo sie auf einen großen runden Holztisch mit sechs Stühlen zeigte.

»Möchten Sie etwas trinken, vielleicht einen Kaffee?«, fragte Sabine mit matter Stimme. Eva hatte den Eindruck, dass sie noch immer unter schweren Medikamenten stand.

»Nein danke, wir haben gerade Tee getrunken«, antwortete sie. »Es tut uns sehr leid, das mit ihrem Mann.«

Sabine Wattjes schluchzte und setze sich hin.

»Wir müssen Sie leider dazu befragen, wann Sie Ihren Mann zuletzt gesehen haben ...«

Die Witwe schüttelte sich und zog ihr Taschentuch hervor. Es musste sie schwer getroffen haben, dachte Eva. Ob auch Kinder im Haus waren?

»Lassen Sie sich ruhig Zeit«, sagte sie. Betreten sah Eva zu Jürgen, der den Kopf auf seine Hand gestützt hielt. Er sah gelangweilt aus. Das war so typisch. Konnte er denn nicht ein wenig Mitleid empfinden?

»Es war am Freitag.« Die Stimme von Sabine klang belegt. »Er ist doch zu diesem Vereinstreffen nach Langeoog gefahren ... eigentlich wollte ich ja auch mit.« Sie schüttelte sich wieder.

»Und warum sind Sie nicht mitgefahren?«, fragte Eva.

»Wegen dem hier«, sie hob ihren geschienten Arm in die Höhe. »Ich hatte vor einiger Zeit einen Fahrradunfall und da habe ich mich entschieden, lieber nicht mitzufahren. Aber wenn ich mitgefahren wäre, vielleicht ...« Sie vollendete den Satz nicht und weinte wieder.

Jürgen atmete hörbar aus. Vielleicht ist es besser, wenn er rausgeht, dachte Eva. »Kann mein Kollege sich vielleicht mal ein wenig im Haus umsehen?«

Jürgen sah erschrocken auf. Meinte sie das ernst? Er sollte ein fremdes Haus durchsuchen?

»Ja sicher«, seufzte Sabine. »Das Arbeitszimmer von ... Dieter ... es ist unten im Flur geradeaus und dann die erste Tür rechts.«

Eva stieß Jürgen unterm Tisch an und er trottete davon.

»Hat Ihr Mann Sie denn von Langeoog aus nochmal angerufen?«, fragte Eva weiter.

Sabine schüttelte den Kopf. »Nein, das hat er nicht. Aber das war auch nicht ungewöhnlich. Wir sind ja auch schon fünfzehn Jahre verheiratet ... gewesen.«

Na, wenn man dann so abstumpfte, dann war Eva froh, dass ihr das bisher erspart geblieben war. Was sollte sie jetzt noch fragen? Offensichtlich hatte es sich bei den Wattjes um ein Paar gehandelt, das sich nicht mehr füreinander interessierte.

»Haben Sie auch Briefmarken gesammelt?«

»Nein, das hat mich nie interessiert. Ich bin nur hin und wieder zu Vereinsveranstaltungen mitgefahren.«

»Wissen Sie denn, ob Ihr Mann auch wertvollere Marken besitzt?«

Sabine nickte. »Doch, es waren bestimmt einige Exemplare dabei, wofür man schon ein wenig Geld bekommen konnte von eingefleischten Sammlern, das hat Dieter jedenfalls immer gesagt. Aber wie gesagt, ich kenne mich da nicht aus.«

»Am gestrigen Sonntag war auf Langeoog auch eine Tauschbörse geplant. Da wäre es ja durchaus denkbar, dass er zu diesem Anlass Briefmarken von größerem Interesse mitgenommen hatte ...«

»Ich weiß es nicht, tut mir leid. Aber in dem Arbeitszimmer, wo ihr Kollege jetzt ist, da ist auch seine Sammlung. Sie können gerne alles mitnehmen, wenn das weiterhilft.«

Sehr großzügig, dachte Eva. Vielleicht ein bisschen zu sehr.

»Verzeihen Sie, wenn ich das frage«, sagte sie, »aber wie war Ihre Beziehung zu Ihrem Mann?«

»Beziehung? Wie meinen Sie das?«

»Nun, Sie sagten ja eben selber, dass sie nicht miteinander telefoniert haben, als er für ein paar Tage weg war. Deshalb frage ich mich natürlich, ob sie einander noch sehr verbunden waren nach fünfzehn Jahren Ehe.«

Irritiert sah Sabine auf.

»Es war da mal was ... ich glaube, er hatte eine andere Frau.«

Aha.

»Sie wissen es also nicht hundertprozentig?«

»Doch, eigentlich schon. Aber er hat es nie zugegeben. Es war nur so ein Gefühl.«

Dass Frauen wohl öfter befällt, dachte Eva.

»Haben Sie Ihrem Mann denn noch vertraut?«

»Ich habe mir Mühe gegeben ...«

»War das Misstrauen vielleicht auch der Grund, warum Sie nicht mit nach Langeoog gefahren sind?«

»Nein, auf keinen Fall«, sagte Sabine entschlossen. »Denn wenn ich ihm nicht getraut hätte, wäre es doch wohl sinnvoller gewesen, einfach mitzufahren.«

Ja, da hatte sie wohl recht. Wo blieb Jürgen eigentlich?

»Ich werde mal gucken, was mein Kollege macht«, sagte sie und verschwand ebenfalls im Flur.

Sabine fuhr sich durchs Haar. Hatte sie alles richtig gemacht? Sie war noch nie besonders gut im Lügen gewesen. Doch die ganze Situation spielte ihr sicher in die

Hände. Man würde ihr nicht auf die Schliche kommen und herausfinden, dass sie auf Langeoog gewesen war.

»Was zum Teufel machst du hier solange?«, fragte Eva unwirsch, als sie Jürgen über den Schreibtisch gebeugt vorfand.

»Nun guck dir das mal an ... alles akribisch festgehalten. Jede Marke ist nummeriert und in dieser Liste hier aufgeführt mit Albennummer und Seitenzahl.« Fasziniert hielt er ihr die Liste hin.

»So machen Sammler das wohl«, sagte Eva obenhin. »Steht denn auch dabei, was die einzelnen Marken für einen Marktwert haben unter Sammlern?« Neugierig schielte sie zu ihm herüber.

»Und ob«, sagte Jürgen triumphierend. »Und ich suche gerade nach der Marke, die mit dem größten Betrag in der Liste geführt wird.«

»Nach dem System dürfte das ja wohl ein Kinderspiel sein«, sagte Eva.

»Ja ja ... ich bin ja gleich so weit.« Jürgen blätterte weiter und weiter. »Da«, rief er plötzlich aus. Da ist eine Lücke. Die Marke ist nicht mehr da.«

»Verdammt. Von welcher Summe sprechen wir hier?«

»Fünfzigtausend Euro«, sagte Jürgen mit leuchtenden Augen. »Eine Menge Holz, wenn du mich fragst. Dafür lohnt es sich schon, jemandem eins über den Schädel zu geben.«

»Wow ... wir müssen die Alben beschlagnahmen. Ich werde gleich Frau Wattjes Bescheid sagen.«

Sie packten die Alben in eine große Tasche, die ihnen Sabine gegeben hatte.

»Sie bekommen alles zurück«, versicherte Eva. »Und Sie haben wirklich nichts davon gewusst, dass Ihr Mann diese teure Briefmarke mitgenommen hatte?«

»Nein, wirklich nicht. Wie gesagt, mich hat das Thema nie interessiert.«

Eva fragte sich, ob es dem Ehepaar so gut gegangen war, dass sie es nicht nötig hatten, diese Marke zu verkaufen. Und noch viel mehr interessierte sie, wo und mit welchem Geld Dieter Wattjes diese Marke erstanden hatte. Doch es schien sinnlos, seine Frau weiter danach zu fragen.

»Eine Frage habe ich noch Frau Wattjes«, sagte Eva, als sie mit Jürgen bereits in der Tür stand. »Wo waren Sie am Sonntagnachmittag?«

Sabine machte ein fragendes Gesicht. »Ich glaube hier«, sagte sie.

»Leider nein«, sagte Eva, »denn zwei Beamte aus Leer haben versucht, Sie zu erreichen, um Ihnen die traurige Nachricht zu überbringen. Doch das gelang ja erst, als sie am späten Abend wieder nach Hause kamen. Erinnern Sie sich gar nicht daran, dass Sie bei der Polizei angerufen haben?«

»Doch natürlich«, versicherte Sabine. Mist, das hatte sie nicht bedacht, dass man schon am Nachmittag bei ihr gewesen sein könnte. Hatte etwa auch die neugierige Nachbarin schon geplaudert und von ihrem merkwürdigen Verhalten berichtet? »Ich war noch bei einer guten Freundin. Wir haben Kaffee getrunken und geredet«, sagte sie schließlich.

»Aha. Und da sind Sie mit dem Wagen gefahren? Trotz ihres gebrochenen Arms?«

Also wussten sie bereits alles, dachte Sabine verärgert.

»Ja, es ging mehr schlecht als recht. Es ist ja auch der linke Arm, so kann ich ja noch schalten.«

»Aber Sie wissen schon, dass das im Grunde zu gefährlich und auch verboten ist?« Eva machte ein ernstes Gesicht.

»Mir fiel einfach die Decke auf den Kopf.«

»Wie spät kamen Sie denn wieder nach Hause?«

Sabine überlegte kurz. »Vielleicht so gegen siebzehn Uhr. Aber ich habe nicht auf die Uhr gesehen.«

»Sie hätten ja auch Ihren Mann anrufen können, wenn Ihnen langweilig war«, mischte sich Jürgen ein.

»Na ja, wie dem auch sei, Sie müssen sich zu unserer Verfügung halten, falls wir noch Fragen haben. Bitte verreisen Sie nicht.«

Eva und Jürgen liefen zum Wagen.

»Da guckt uns jemand durchs Fenster zu«, murmelte Jürgen.

»Wo?«

»Da drüben. Das muss eine Nachbarin sein. Soll ich sie nochmal kurz befragen?«

»Untersteh dich«, sagte Eva. Sie stieg aus dem Wagen und klingelte bei dem Haus.

Jürgen beobachtete, wie eine Frau um die Fünfzig öffnete. Eva unterhielt sich kurz mit ihr und zeigte mehrmals zu dem Haus der Wattjes.

»Danke«, sagte sie knapp, als sie wieder in den Wagen stieg. »Deine Vermutung war richtig, diese Frau hat die Augen und Ohren überall. Und sie konnte mir sagen, wann Sabine Wattjes nach Hause gekommen war mit ihrem Wagen. Und es war nicht um siebzehn Uhr.« Sie machte große Augen, als sie in Jürgens Richtung sah.

»Also lügt sie uns an«, stellte Jürgen fest. »Das habe ich mir doch gleich gedacht, dass diese Frau etwas zu verbergen hat.«

»Ach ja?«

»Natürlich. Zeig mir doch mal eine Frau, die nicht wüsste, wie es um die finanziellen Verhältnisse steht. Es gibt doch für Frauen nichts Wichtigeres als das Geld des Ehemannes.«

»Du übertreibst mal wieder ...«

»Und auch wenn sie sich nicht für Briefmarken interessiert, so bin ich mir doch sicher, dass sie wusste, welche Schätze da in den Alben schlummern. Sie brauchte ja nur mal reinzusehen und zu googeln, wenn ihr Mann bei der Arbeit war.«

»Vielleicht hast du recht«, meinte Eva. »Aber zunächst werden wir jetzt mal bei der Spurensicherung nachfragen, ob wir mal einen Blick in die Briefmarkenalben werfen dürfen, die im Hotelzimmer sichergestellt worden sind.«

Bald darauf blätterten die beiden in der Asservatenkammer der Dienststelle Aurich die Alben durch. Während Jürgen blätterte und sich die Marken genau ansah, hielt Eva die Liste griffbereit. Da es fünf Alben mit mindestens gefühlten Millionen Marken waren, entschieden sie sich, in Esens bei Klara zu übernachten.

Nach einem kurzen Telefonat war alles geregelt. Klara wollte für die beiden zum Abendbrot Kartoffelpfannkuchen machen. Eva lief das Wasser jetzt schon im Mund zusammen.

Gegen neunzehn Uhr hatten sie Marken aus aller Welt gesehen, doch das gesuchte wertvolle Exemplar war nicht darunter.

»Ich tippe, der Mörder hat sie mitgenommen«, sagte Jürgen verschwörerisch.

»Kann sein, aber dann frage ich mich, warum er sich die Mühe gemacht hat, sie aus den Alben herauszusuchen. Warum hat er nicht einfach alle mitgenommen?«

»Vielleicht war die Marke ja gar nicht in einem dieser Alben«, mutmaßte Jürgen. »Wenn die wirklich so teuer war, dann hatte dieser Wattjes sie bestimmt an einem sichereren Ort aufbewahrt.«

»Aber leider nicht bei mir im Safe«, beklagte Eva. »Denn dann wäre er sicher noch am Leben.«

»Du meinst, er war mit dem Mörder verabredet, weil er die Marke unter Hand kaufen wollte ... und dann hat er ihn einfach umgebracht?«

»Geniale Idee«, stimmte Eva zu. »Genauso könnte es gewesen sein. Und jetzt lass uns fahren, die Kartoffelpuffer warten.«

Die Menschen sind schlecht

Er empfand große Genugtuung, als er spät in der Nacht den Schlüssel in seine Haustür steckte und aufschloss. Sein Kater William kam ihm entgegengelaufen. Er war ein Streuner und kannte es schon, dass sein Herrchen tagelang nicht da war. Es machte ihm nichts aus, so lange genügend Futter bereitstand und er nachts auf die Jagd gehen konnte. Vielleicht hatte er das mit seinem Herrchen gemein.

Es roch muffig. In so einem alten Haus wurde es schnell feucht, wenn man nicht genügend lüftete. Er machte in der Küche Licht und lief von einem Zimmer zum anderen und stellte die Fenster auf kipp. Draußen war es totenstill. Nur ein Vogel saß in einem der großen Obstbäume und gab krächzende Laute von sich.

William stand neben dem Küchentisch und maunzte. Er wollte seine Belohnung dafür, dass er alleine die Stellung gehalten hatte. Der Mann ging zum Kühlschrank und zog einen Teller mit Frischwurst heraus, den er vor William auf den Boden stellte. Der Kater fraß schnurrend.

Der Mann nahm seine Tasche mit den wenigen Habseligkeiten und ging nach hinten ins Schlafzimmer. Er stellte sie auf dem Stuhl mit der abgewetzten Sitzfläche ab und sah ratlos auf das große Doppelbett aus dunklem Holz, in dem schon seine Großeltern gelegen hatten.

Er war nicht müde. Er fühlte eigentlich nichts. William kam hereinspaziert und fläzte sich auf die bunte selbstgestrickte Tagesdecke. Daran hatte sie vier Monate gearbeitet, als sie noch lebte, dachte der Mann bekümmert. Immer, wenn er an Stella dachte, zog sich sein Herz zusammen. Sie hatte nie jemandem etwas getan, und doch war sie an einem bösen Tumor gestorben vor einigen Jahren. Es traf immer die Falschen. Und damit es auch mal die Richtigen traf, musste man eben manchmal etwas nachhelfen.

Ja. Es hatte den Richtigen getroffen, als Dieter Wattjes in seinem Zimmer tot aufs Bett geplumpst war wie ein nasser Sack.

So beflügelt ging der Mann wieder in die Küche und nahm sich ein Bier aus dem Kühlschrank. Er setzte sich damit in den alten Ohrensessel vor dem Fenster im Wohnzimmer und sah in die Nacht hinaus.

Sie

Sollte sie wirklich einfach so zum Alltag zurückkehren? Sie räkelte sich nackt auf ihrem Seidenlaken und spielte an einer langen Haarsträhne. Dieter konnte sie jetzt abschreiben. Sie empfand Trauer. Ja, sehr sogar. Und dass, obwohl er sie so einfach abserviert hatte. Männer waren wohl so. Und sie war es ja gewohnt, dass diese sich an ihrem makellosen Körper gütlich taten, bis sie das schlechte Gewissen plagte. Bis sie wieder heim zu ihren Frauchen gingen. Reue empfand sicher keiner von ihnen. Und natürlich vermissten sie den Sex mit ihr. Doch auch Ehemänner konnten darben, wenn es die Situation erforderte. Sie lächelte in sich hinein. Sie würde schon wieder einen Verehrer finden, daran hatte sie keinen Zweifel. Doch mit Dieter, ja, da hätte es mehr werden können, wenn er sich von dieser Frau hätte trennen können. Sie hatte nie verstanden, warum das eigentlich so ein großes Problem sein sollte. Sie hatten ja nicht einmal Kinder. Und jetzt war diese Frau doch sowieso allein. Das hätte der Trottel ja wirklich einfacher haben können.

Sie lachte, richtete sich auf und trank noch einen Schluck Champagner.

Kartoffelpuffer *(Rezept am Ende des Buches)*

»Das Essen war wirklich wieder köstlich liebe Klara«, lobte Eva ihre Freundin und rieb über ihren Bauch. »Sie entfernen mich aber wieder um Lichtjahre von meiner Traumfigur.«

»Ich weiß nicht, was du immer hast«, rügte Klara. »Du hast so ein schönes Gesicht. Wer guckt denn da schon auf den Bauch?«

Die beiden Frauen lachten. Jürgen war gerade für kleine Königstiger und bekam von allem nichts mit.

»Wie steht es denn jetzt um euch beide?« Klara beugte sich verschwörerisch zu Eva rüber. »Habt ihr euch endlich geküsst?«

»Also Klara, ich bitte dich. Das ist Jürgen, ein guter Freund, sonst nichts ...«

»Einer alten Frau wie mir kannst du da nichts vormachen«, kicherte Klara. »Ich sehe es an deinen Augen, dass er dir viel bedeutet.«

»Ach ja?« Eva kniff demonstrativ die Augenlider zusammen. »Und jetzt?«

»Jetzt hast du dich verraten.«

Jürgen kam zurück. Schade, dachte Eva. Sie hätte zu gerne von Klara erfahren, wie es denn um seine Augen bestellt war.

»Wollen wir noch eine Runde scrabbeln«, fragte Klara, die ganz vernarrt in dieses Spiel war und viel zu selten Gelegenheit dazu bekam, es zu spielen.

Eva war zwar hundemüde, konnte ihr den Gefallen aber nicht abschlagen. Jürgen willigte ein, dabei zu sein.

Am Ende hatte Klara mit über vierhundert Punkten gewonnen und Eva an Erfahrung, denn immer wieder sah sie ein verschmitztes Lächeln in Jürgens Gesicht, während seine Augen strahlten. Sie dachte an die Worte von Klara und schlief später selig ein.

Am nächsten Morgen machten sich Eva und Jürgen sehr früh auf den Weg, um die erste Fähre nach Langeoog zu nehmen.

»Was haben wir denn jetzt eigentlich konkret herausgefunden«, fragte Eva und zog einen Notizzettel hervor, als sie sich mit einem Becher Kaffee an einen freien Tisch gesetzt hatten.

»Dass Sabine Wattjes lügt wie gedruckt«, meinte Jürgen und Eva notierte sich etwas.

»Und weiter?«

»He, bin ich bei der Polizei oder du?«

»Ich bilde dich gerade aus«, sagte sie lachend. »Das ist deine erste Zwischenprüfung.«

»Okay, ich spiele mit. Weiterhin wissen wir, dass es mit dieser Marke ein starkes Motiv gibt.«

»Wenn er sie denn mitgenommen hatte. Das wissen wir ja im Prinzip gar nicht genau. Wir vermuten es.«

»Vermutungen stellen die im *Tatort* doch andauernd an«, sagte Jürgen geknickt. »Ich kann dir doch nicht gleich den Täter auf dem Silbertablett servieren als Anfänger.«

»Schon gut ... mach weiter.«

»Interessant könnte die Frage werden, ob Dieter Wattjes Sex hatte, bevor er erschlagen wurde ...«

»Ja stimmt. Die Frau könnte dann die Letzte sein, die ihn lebend gesehen hat.«

»Und sie kommt als Täterin infrage ...«

»Auch das. Eifersucht ist ja immer das stärkste Mordmotiv, versteh ich gar nicht. Es würde mir im Traum nicht einfallen, jemanden aus Eifersucht umzubringen.«

»Du bist ja auch anders.«

»Was soll das heißen, anders?«

»Wenn sich ein Mann für dich interessiert, dann verjagst du ihn doch schon vom Hof, bevor er überhaupt markiert hat.«

»Pah ... was für ein blöder Spruch. Ich kann ja nichts dafür, wenn Männer nicht meinen Ansprüchen genügen.«

»Die da wären?« Jürgen sah neugierig aus.

»Lassen wir das jetzt.« Eva lief dunkelrot an. »Wir sind hier mitten in einer Mordermittlung, also los.«

Die beiden fachsimpelten noch ein wenig über Täter, Motive und Briefmarken und liefen als Erstes zur Touristinfo, als die Fähre anlegte. Anja hatte alles zu Jürgens Zufriedenheit im Griff gehabt. Eva verabschiedete sich bald und lief zur Polizeistation. Sie war neugierig, ob der abschließende Obduktionsbericht von Ole Meemken bereits eingegangen war.

Auf ihrem Anrufbeantworter fand sie drei Nachrichten vor. Eine informierte sie darüber, dass man Heinrich Gerlach immer noch nicht gefunden hatte. Vermutlich war er dank der Stürme der letzten Tage sehr weit auf die Nordsee getrieben worden. Dann hatte jemand aus Aurich angerufen, dass man den Safe wieder benötigte, falls sie ihn entbehren könnte. Und dann war da noch ein Anruf, den sie nicht einordnen konnte. Jemand sagte in gebrochenem Deutsch: *Er hat gelogen.* Mehr nicht. Nur diese drei Worte. Dann war wieder aufgelegt worden. Was hatte das zu bedeuten? Eva hörte sich die Nachricht noch mindestens zehnmal an, um vielleicht die Stimme zu erkennen. Doch es blieb ihr ein Rätsel, um was es dem Anrufer gegangen sein könnte. Und irgendwie war sie sich sicher, dass es in direktem Zusammenhang mit dem Mord an Dieter Wattjes stehen musste.

Als sie ihren Rechner hochfuhr, fand sie auch den Obduktionsbericht von Ole Meemken in einer E-Mail vor. Gefaxt wurden die schon lange nicht mehr. Daraus ergab sich, dass Dieter Wattjes jede Menge getrunken und gegessen hatte. Und dass er nur durch einen heftigen Schlag auf den Kopf infolge eines Schädeltraumas sofort tot gewesen sein musste. Und er hatte Sex gehabt. Ohne Kondom, da war sich Ole Meemken ganz sicher. Also musste er die Frau doch gekannt haben.

Verdammt, dachte Eva. Alles wäre so einfach, wenn der Wattjes eine Geliebte mit nach Langeoog genommen hätte, und ihn seine Frau dann einfach in Rage umgebracht hätte. Mit ihrem Beauty Case oder womit auch immer. Jetzt allerdings mussten sie den Fall ganz neu denken. Sie dachte schon im Plural, stellte sie belustigt fest, denn sie hatte automatisch Jürgen in die weiteren Ermittlungen gedanklich mit einbezogen. Ja, sie beide waren schon ein gutes Team. Und er hatte so verdammt glücklich ausgesehen, als sie mit Klara Scrabble gespielt hatten. Sie spürte, dass ihr ganz warm ums Herz wurde, wenn sie an ihn dachte. Wenn das nur gutging. Schnell lief sie zum Fenster und ließ frische Luft herein.

Den Blick aufs Meer gerichtet musste sie wieder an Heinrich Gerlach denken. Hätte sie an dem Abend schneller geschaltet, als er ihr den speckigen Umschlag übergeben hatte, dann wäre vielleicht alles anders gekommen.

Die Tür ging auf und Jürgen kam herein.

»Da bist du ja endlich«, sagte Eva. »Es gibt spannende Neuigkeiten.«

Sie schilderte in knappen Sätzen den Obduktionsbericht.

»Wenigstens noch Sex vor dem Tod«, sagte Jürgen trocken. Eva sah ihn fragend an. »Na, das gönnst doch sicher auch selbst du ihm so als Abschluss. Und jetzt steht ja auch das Motiv Eifersucht auf sicheren Beinen. Vielleicht ist er von seiner Frau beim Schäferstündchen überrascht und erschlagen worden vor Wut. Aus die Maus.«

Eva sah Jürgen nachdenklich an. Das meiste von dem, was er gerade gesagt hatte, war wohl seinem typisch männlichen Ego geschuldet. Aber da war eine Sache, die ganz interessant war. Was war, wenn Sabine Wattjes auch auf Langeoog gewesen war?

»Und wenn sie doch da war?«, sagte sie laut.

»Wer war wo?«

»Na, die Sabine Wattjes. Stell dir doch mal vor, sie ist auch auf Langeoog gewesen.«

»Wie jetzt? Sie hat doch diesen kaputten Arm.«

»Na und? Das hat sie ja auch nicht davon abgehalten, ihre Freundin zu besuchen. Angeblich jedenfalls. Und genauso gut kann sie doch auch heimlich hier nach Langeoog gekommen sein, um zu gucken, was ihr Göttergatte hier so treibt.«

Jürgen schaltete langsam. »Verstehe. Aber ich verstehe dann trotzdem nicht, warum sie ihm das Licht ausknipst, wegen dem bisschen Sex ... wirklich bedauerlich.«

Eva rollte mit den Augen. Männer war doch alle gleich.

»Und wenn sie ihn gar nicht des Fremdgehens überführen wollte, sondern die teure Briefmarke an sich genommen hat?«

»Lächerlich ... die hätte sie doch zuhause in Moormerland jederzeit aus dem Album nehmen können.«

»Schon. Aber wen hätte Dieter Wattjes wohl als Erstes verdächtigt, wenn sie weg gewesen wäre? Na? Klingelt es?« Eva machte kreisende Bewegungen mit den Fingern neben ihrer Schläfe.

»Dann sollten wir ... Pardon, dann solltest du wohl mal ihre Finanzlage checken«, meinte Jürgen pragmatisch.

»Genau.« Sie klopfte ihm anerkennend auf den Oberarm. »Und jetzt habe ich noch etwas Spannendes für dich, das du dir unbedingt anhören musst.« Sie lief zu ihrem Anrufbeantworter und spielte die letzte Nachricht ab.

»Was soll das denn bedeuten?«, fragte Jürgen. »Er hat gelogen. Das kann doch alles oder nichts sein. Das kann sogar ein Kinderstreich sein.«

»Ist das nicht ein bisschen weit hergeholt?«, meinte Eva.

»Du müsstest mal dabei sein, wenn die Kids bei mir im Rudel in der Touristinfo auftauchen. Die haben nichts als Blödsinn im Kopf und der geht weit über unsere Klingelstreiche von früher hinaus.«

Eva ging zu ihrem Schreibtisch und setzte sich. Waren sie jetzt genauso schlau wie vorher? Vielleicht verwirrte Jürgen sie auch nur mit seinen ewigen Schwarzmalereien.

»Was ist?«, fragte Jürgen, der ihr Schweigen nur schwer ertrug.

»Ich denke nach.«

»Kannst du das nicht laut tun?«

»Dann müsste ich ja vor mich hinbrabbeln ... und du sagst jetzt besser nichts.«

Gegen Abend gingen sie noch gemeinsam zu ihrem Italiener, doch Eva hielt sich beim Chianti zurück.

Die Früchte ernten

Der Mann wachte am nächsten Morgen in aller Herrgottsfrühe auf und ging für eine Katzenwäsche ins kalte Badezimmer. Dann kochte er Wasser für einen schönen starken Ostfriesentee. Als er am Tisch saß, sah er William dabei zu, wie dieser seine Extraportion Katzenfutter verschlang. Das Tier sah immer wieder misstrauisch zu ihm auf. Es stimmte, Tieren konnte man nichts vormachen. Sie hatten einen sechsten Sinn und sicher wusste William auch, dass dies das letzte gemeinsame Frühstück sein würde.

Als er alles Nötige zusammengepackt hatte, stieg er in seinen alten Opel Kapitän und ließ sein bisheriges Leben hinter sich. Auf dem Küchentisch hatte er eine Nachricht hinterlassen, dass man William, den schwarzen Kater, doch bitte zu einem Nachbarhaus einen Kilometer südlich bringen sollte, falls er sich fangen ließe. Als er in den Rückspiegel sah, hatte er Tränen in den Augen.

*

Sie fand, sie hatte es verdient. Sie drehte sich vor dem großen Spiegel in ihrem Ankleidezimmer hin und her.

Hatte sie etwa zugenommen? Doch was spielte das im Moment für eine Rolle, sie hatte ihren Fisch am Haken. Dieser alte Trottel glaubte doch tatsächlich, dass sie vielleicht mit ihm wegging. Wie blöd musste der eigentlich sein? Wenn ein Mann mit dem wichtigsten Stück dachte, war er doch leicht um den Finger zu wickeln.

Sie musste sich beeilen, sie waren um fünfzehn Uhr bei der alten Scheune in Dunum verabredet. Einem Kaff, in dem sie noch nie vorher gewesen war. Dort wollte er ihr die Briefmarken übergeben. Und sie hatte sie wahrlich verdient. Nur was sie mit dem Trottel machte, darüber hatte sie sich noch gar keine Gedanken gemacht. Ihr Blick wanderte zum Besteckkasten. Sollte sie vielleicht ein Brotmesser mitnehmen? Oder doch besser das scharfe Steakbesteck?

Der Tote in Dunum

Eva hatte schon zweimal auf die Schlummertaste gedrückt. Jetzt wurde es aber langsam Zeit, dass sie aufstand. Ihr schwirrte der Kopf von den vielen Diskussionen mit Jürgen. Sie hatte kaum noch die Gelegenheit, eigene Gedanken zu verfolgen. Doch sie musste zugeben, dass er sich gar nicht dumm anstellte bei der Tätersuche. Wie dem auch sei, sie musste sich jetzt los.

Als sie in der Polizeistation ankam, blinkte der Anrufbeantworter. Der Kollege Okko Schuster aus Wittmund bat um ihren Rückruf. Es ginge um den Briefmarkenfall. Eva wählte sofort die Nummer.

»Hallo Okko, du hast angerufen?«

»Moin Eva. Jo. Du hast doch diesen Fall mit den Vereinsleuten und eben haben wir eine Leiche reingekriegt, die dich interessieren könnte.«

Der Kollege machte es wieder verdammt spannend.

»Tatsächlich?«

»Jo. Es ist ein Wilfried Sievers aus Papenburg. Er lag mit mehreren Stichverletzungen in Dunum in einer Scheune. Verblutet das arme Schwein.«

»Wilfried Sievers ... das sagt mir im Moment gar nichts.«

»Ne? Aber das ist doch der Vorsitzende des Briefmarkenvereins Ostfriesland-Papenburg. Und da dachte ich, das könnte dich auch interessieren.«

Verdammt, den hatte sie gar nicht mehr auf dem Schirm gehabt.

»Das ist ja ein Ding«, sagte sie. »Das muss ich gleich mit Jürgen besprechen.«

»Mit wem?«, kam es vom anderen Ende.

»Ach egal ... Okko, kannst du mir bitte alles rüberschicken, was du zu dem Toten hast?«

»Geht klar.«

»Danke.«

»Jo.« Okko legte auf.

Eva wählte Jürgens Nummer. »Du musst sofort kommen«, sagte sie. »Der Vereinsvorsitzende ist umgebracht worden.«

Lauernd stand sie vor dem Faxgerät und wartete auf Okkos Berichte. Aber sie wusste ja, dass das noch eine Weile dauern konnte, wenn er sich so bewegte, wie er sprach.

Ein weiterer Toter. Wenn man Heinrich Gerlach mitzählte, waren es sogar schon drei, obwohl dieser ja freiwillig aus dem Leben geschieden war. Aber es war schon eine merkwürdige Anhäufung von Todesfällen unter Briefmarkenfreunden. Zum Glück war sie nie ein Vereinsmensch gewesen. Die Tür wurde aufgestoßen und Jürgen kam herein.

»Ein weiterer Toter?«, fragte er atemlos.

Eva nickte. »Mein Kollege aus Wittmund hat mich informiert. Wilfried Sievers ist erstochen worden in irgendeiner Scheune am Ende der Welt.«

»Und wo genau dort?«

»In Dunum, einem kleinen Dorf in der Nähe von Esens.«

»So langsam komm ich da nicht mehr mit.«

»Frag mich mal. Wir haben jetzt drei Tote mit Heinrich Gerlach, und das innerhalb einer Woche.«

»Hat man Gerlach denn jetzt auch gefunden?«

»Noch nicht.«

»Hm ... Was willst du jetzt machen?«

»Ich warte auf den Bericht aus Wittmund. Und dann müssen wir ... ähm, ich meine, ich muss das Leben von Sievers durchleuchten.«

»Willst du nicht mal eine Skizze aller Beteiligten machen?«, schlug Jürgen vor und zeigte auf das Flipchart.

»Eine gute Idee.« Eva schrieb ganz oben den Namen Dieter Wattjes hin und verzweigte zu den anderen Namen, die bisher im Spiel waren.

Jürgen hatte in der Zwischenzeit einen Kaffee gemacht und jetzt saßen sie vor dem Ergebnis und schwiegen.

»Hilft uns das jetzt weiter?«, fragte Eva resigniert.

»Ich finde schon«, meinte Jürgen. »Allerdings hättest du ja eigentlich Heinrich Gerlach ganz oben hinsetzen müssen, denn mit dem fing alles an.«

»Aber er ist ja nicht ermordet worden«, hielt Eva dagegen.

»Das kannst du ja eigentlich gar nicht genau wissen. Der Abschiedsbrief kann ja auch ein Fake gewesen sein.«

»Vergiss nicht, dass er ihn selber abgegeben hat. Insofern halte ich den Brief schon für echt.«

»Ja okay, das stimmt natürlich. Aber eine Leiche gibt es noch nicht.«

»Aber er war auch Briefmarkenfan. Und du musst zugeben, dass wir das Motiv da suchen müssen.«

»Du wolltest doch auch noch die finanziellen Verhältnisse von Sabine Wattjes durchleuchten ...«

»Ja, mach ich noch.« Ihr rauchte schon wieder der Kopf. Wenn nur endlich der blöde Bericht aus Wittmund käme. Warum hatte sie Jürgen bloß angerufen? Sie wollte doch endlich mal in Ruhe nachdenken können.

Das Telefon auf ihrem Schreibtisch klingelte.

»Ja, hallo, Polizeistation Langeoog, Eva Sturm am Apparat.«

»Er hat gelogen.«

Dann wurde aufgelegt.

»Was ist?«, fragte Jürgen, als er Evas Miene sah.

»Das war schon wieder dieser anonyme Anrufer. Er hat gelogen, hat er gesagt und wieder aufgelegt.«

»Komisch.«

Eva lief zum Flipchart und schrieb *anonymer Anrufer* dazu. Diesen verzweigte sie mit Heinrich Gerlach, Dieter Wattjes und Wilfried Sievers. Denn er konnte alle drei gemeint haben. Einer von diesen Männern hatte offensichtlich nicht die Wahrheit gesagt. Wobei sie bei Dieter Wattjes ein Fragezeichen in Klammern setzte, denn mit ihm hatten sie ja nie persönlich gesprochen. Allerdings konnte er natürlich jemand anderen belogen haben. Es war schon ein verdammt verzwickter Fall.

Das Fax sprang an und Eva schrak hoch.

»Na endlich«, sagte sie und zog das Endlospapier heraus. Es hörte gar nicht auf, zu drucken.

Sie überflog die Informationen.

»Mindestens zehn Messerstiche und davon fünf tödlich«, murmelte sie.

»Wow«, sagte Jürgen. »Da war wohl jemand verdammt wütend.«

»So kann man es auch sagen. Fast würde ich behaupten, dass es eine Frau gewesen sein muss.«

»Warum das denn?«

»Erfahrungsgemäß töten Männer gezielt und stochern nicht so in ihren Opfern herum.«

»Na, das ist jetzt aber ein bisschen weit hergeholt oder?«

»Ich weiß nicht, mein Gefühl sagt mir, dass eine Frau verdammt sauer und enttäuscht von diesem Sievers gewesen sein muss.«

»Denkst du dabei etwa an Sabine Wattjes? Meinst du, sie hatte ein Verhältnis mit dem Sievers?«

»Wäre eine Möglichkeit. Auf der anderen Seite kann es auch um die Briefmarken gegangen sein. Vielleicht hat sie ihren Mann umgebracht, die Marken an sich genommen und der Vorsitzende hat etwas mitbekommen und sie erpresst.«

»Und warum hat sie ihn dann ausgerechnet in diesem Kaff umgebracht? Wie hat sie ihn denn da hingelockt?«

»Frauen schaffen sowas, glaub mir.«

»Da bin ich mir sicher«, murmelte Jürgen. Er sprang ja auch, wenn sie pfiff.

»Ich glaube, ich muss noch einmal mit Sabine Wattjes sprechen. Willst du mitkommen?«

Jürgen überlegte kurz, dann schüttelte er den Kopf. »Ich glaube, ich bleibe mal hier. Ich kann Anjas Gutmütigkeit ja auch nicht überstrapazieren.«

Nanu, dachte Eva, das waren ja ganz neue Töne. Was war mit Jürgen los? Hatte sie etwas Falsches gesagt, getan oder gedacht?

»Okay«, sagte sie. »Dann fahre ich alleine rüber. Es ist ja noch früh genug für die nächste Fähre.«

Als sie sich später einen Platz unter Deck suchte, saß Jürgen schon da. Ihr Herz machte einen Satz.

»Du bist hier? Ich dachte, du wolltest nicht mitkommen.«

»Ich hab's mir eben anders überlegt«, sagte er verschmitzt. »Und außerdem gehe ich davon aus, dass du wieder bei Klara Kartoffelpuffer isst, das wollte ich mir nicht entgehen lassen.«

Nach dem dritten Klingeln machte Sabine Wattjes endlich auf. Aus dem Augenwinkel bemerkte Eva die

Nachbarin hinter der Gardine. Sie würde sie im Anschluss befragen.

»Guten Tag Frau Wattjes, wir hätten da noch ein paar Fragen.«

»Kommen Sie herein.« Sabine Wattjes wirkte teilnahmslos und ungepflegt. Sah so eine brutale Mörderin aus? Sie ging ins Esszimmer voraus, wo sich Geschirr der letzten Tage auf dem Tisch stapelte.

»Wie geht es Ihnen, Frau Wattjes?«, fragte Eva mit Blick auf das Chaos.

Die Frau zuckte mit den Schultern. »Wie soll es einem schon gehen, wenn man den Mann verliert? Ich stehe vor dem Nichts.« Sie machte ein trauriges Gesicht.

»Wir haben herausgefunden, dass zwei Alben Ihres Mannes in der Sammlung fehlen«, sagte Eva.

»Ach ja? Das wusste ich nicht.«

»Da Ihr Mann alles sehr akribisch in einer Liste aufgeführt hat, konnte mein Kollege«, sie zeigte auf Jürgen, der erstaunt aufsah, »das feststellen. Es waren darin Marken mit einem Sammlerwert von rund hunderttausend Euro enthalten. Und Sie haben davon nichts gewusst?«

Sabine Wattjes klappte die Kinnlade runter, was sie noch armseliger aussehen ließ. »Ich schwöre es, ich habe das nicht gewusst, dass mein Mann so ein Vermögen in seinem Arbeitszimmer bunkert. Wir kamen immer gut zurecht, mein Mann hatte einen guten Job als Ingenieur. Das Haus hier ist dank einer Erbschaft seiner Eltern fast abbezahlt. Das Einzige, war wir nicht hatten, waren Kinder ...« Die Schultern der Frau zitterten, als sie das sagte. Eva war sich sicher, dass sie nichts mit dem Tod an ihrem Gatten zu tun haben konnte.

»War es schwer für Sie ... ich meine, dass Sie keine Kinder haben?«, fragte sie mitfühlend.

»Wir haben es uns so gewünscht«, sagte Sabine Wattjes schluchzend. »Doch es hat einfach nicht geklappt.«

»Woran hat es gelegen? An Ihnen oder Ihrem Mann?«

»Das weiß ich nicht. Wir waren bei tausend Ärzten. Eigentlich hätten wir beide können ... aber irgendwie harmonierten wir wohl nicht zusammen.«

»Sie hätten ein Kind adoptieren können.«

»Ja. Vielleicht hätten wir das tun können. Aber wissen Sie, irgendwann ist die Enttäuschung über das eigene Versagen so groß, dass man keine Kraft mehr hat, sich um ein fremdes Kind zu kümmern.«

»Verstehe.« Eva nickte. Ihr ging das Schicksal dieser Frau tatsächlich an die Nieren. Jürgen zählte derweil offenbar die Kacheln der Fußbodenfliesen, stellte sie entrüstet fest. »Und irgendwann wuchs in Ihnen dann wohl der Verdacht, dass er eine Geliebte haben könnte, oder?«

»Ach, das ist doch jetzt alles nicht mehr wichtig. Dieter ist tot. Ich weiß nicht, wie es weitergehen soll.«

»Also war es nur so ein Gefühl oder gab es konkrete Hinweise, Frau Wattjes«, bohrte Eva nach. Schließlich hatte sie hier einen Mordfall aufzuklären.

»Vielleicht habe ich Gespenster gesehen, aber er hat Blumen gekauft, die ich nicht bekommen habe.«

»Haben Sie ihn darauf angesprochen?«

»Nein, natürlich nicht. Ich habe Quittungen gefunden.«

»Die hätten aber auch für Kolleginnen oder sonstige Belange in der Firma gewesen sein können.«

»Das glaube ich nicht. Das hätte doch irgendeine Sekretärin erledigt. Nein, er hatte sicher eine andere Frau, aber ... es ist doch jetzt alles egal.« Sie weinte. Jürgen stieß hörbar den Atem aus.

»Gut Frau Wattjes, dann werden wir uns für heute verabschieden.«

Als die Haustür ins Schloss fiel, lief Eva schnurstracks zur Nachbarin, die, als sie merkte, dass die beiden zu ihr rüberkamen, verschämt die Gardine fallenließ, die dann hin und her schaukelte.

Die Frau öffnete, ohne dass sie überhaupt klingeln musste. Auf dem Land hatten die Wände Ohren und die Scheiben Augen.

»Ich hab mir schon gedacht, dass sie irgendwann wieder zu mir kommen werden«, sagte die Frau ohne Umschweife. »Das ist ja auch zu komisch mit den Wattjes.«

»Was meinen Sie damit?«

»Kommen Sie.« Die Frau sperrte die Tür weiter auf und lockte Eva und Jürgen ins Haus. »Es muss doch nicht jeder alles mitbekommen.«

Wie wahr, dachte Eva, die das Gefühl hatte, dass jetzt zig weitere Fenstervorhänge hin und herschaukelten.

Sie folgten der Frau in ein biederes Wohnzimmer, wo grün die vorherrschende Farbe schien.

»Was können Sie uns denn jetzt über das Ehepaar Wattjes sagen?«, begann Eva.

»Ich habe schon lange gewusst, dass da etwas nicht stimmt«, sagte die Frau und schob einen Untersetzer aus Kork, der auf dem Tisch lag, hin und her. »Und jetzt, wo der Dieter tot ist, da wundert mich ja gar nichts mehr.«

»Was genau meinen Sie damit? Was war denn nun so merkwürdig?«, fragte Jürgen ungeduldig.

»Als die Sabine am Sonntagnachmittag auf die Auffahrt gefahren ist und gar nicht ausstieg, da hab ich gedacht, die hätte einen Herzanfall.« Die Frau schlug sich theatralisch gegen die Brust. »Aber dann hat sie mich angeguckt ... wie einen Geist. Ich habe sie gefragt, ob ich helfen kann, aber da ist sie einfach davon gebraust. Fast wäre sie mir über die Füße gefahren.«

»Tatsächlich?«, entfuhr es Eva. Das Ganze wurde ja immer mysteriöser, in der Tat. Dann war Sabine Wattjes also nach Hause gekommen, und weil die Nachbarin sie erwischt hatte, war sie einfach weggefahren. Von wegen, sie war bei ihrer guten Freundin. Die Frau log ja wie gedruckt. Und irgendetwas schien sie am Sonntag ganz besonders aufgeregt und aus der Fassung gebracht zu haben. Wusste sie da etwa schon, dass ihr Ehemann tot war?

»Und wissen Sie denn auch, wann Sabine Wattjes anschließend wieder nach Hause gekommen ist?«

Die Frau überlegte kurz und rollte mit den Augen. »Tja, das muss gegen neunzehn Uhr gewesen sein. Ich habe ihr dann ja die Nachricht von dem Polizisten aus Leer gegeben, dass sie dort anrufen soll.«

»Tja, das war's dann auch fürs Erste«, sagte Eva und erhob sich. »Wir müssen dann mal weiter.«

»Und ich habe auch Dieter gesehen, als er mit einer anderen Frau unterwegs war«, sagte die Frau, als wolle sie das Ganze spannend gestalten.

»Eine Frau? Wo und wann?«

»Es ist noch gar nicht so lange her. Ich kam gerade mit dem Fahrrad vom Einkaufen, als ich die beiden in einer Seitenstraße gesehen habe. Es war ein roter Sportwagen. Es war eine junge Frau, das habe ich genau gesehen.«

»Und sie sind ganz sicher, dass Dieter Wattjes mit im Wagen saß?«

»Aber natürlich. Ich habe ihn ja kurz darauf durch mein Küchenfenster ins Haus laufen sehen.«

»Haben Sie sich vielleicht zufällig das Kennzeichen des Wagens gemerkt?«, fragte Jürgen.

Die Frau schüttelte den Kopf. »Ne, daran hab ich in der Aufregung nicht gedacht. Aber der Wagen hatte am Heck einen großen Aufkleber, da stand eine Werbung einer Anwaltskanzlei drauf.«

»Welche?«, fragte Eva.

»Meerbusch und Walter, die sitzen in Loga.«

»Danke, das hat uns wirklich sehr geholfen«, sagte Eva.

»Ich helfe gerne«, sagte die Frau mit stolzem Unterton. »Man will ja wissen, mit wem man es in der Nachbarschaft zu tun hat.«

Sie brachte die beiden zur Tür, nicht ohne noch einmal einen prüfenden Blick auf das Haus von Sabine zu werfen.

»Und jetzt?«, fragte Jürgen, als sie wieder im Wagen saßen.

»Tja«, machte Eva. »Am liebsten würde ich jetzt ja zu Klara fahren und Tee trinken. Aber ich denke, da wir schon mal hier auf dem Festland sind, sollten wir auch noch die Witwe des Vereinsvorsitzenden besuchen.«

»Muss das sein?«, quengelte Jürgen. »Noch mehr Tratsch?«

»Irgendwann müssen wir sowieso mit ihr sprechen.«

»Aber das haben wir doch schon, als wir auf Langeoog alle befragt haben.«

»Stimmt auch wieder«, pflichtete Eva bei. »Aber da war ihr Mann ja noch nicht tot.«

»Sie sagt jetzt bestimmt nichts anderes aus«, wehrte Jürgen ab. »Sie wird ihn ja wohl nicht umgebracht haben.«

»Weiß man's?«, fragte Eva und gab die Adresse von Wilfried Sievers in das Navi ein.

Doch die Befragung brachte sie in der Tat kein Stückchen weiter. Grete Sievers schien recht gefasst, als sie an der Tür in Papenburg klingelten. Sie bewohnte dort ein schönes Landhaus direkt am Kanal. Hinter dem Haus gab es viel Land, wovon ein Teil auch ihr gehörte. Hier schien eine Menge Geld im Spiel zu sein, denn auch ein großes Wohnmobil stand unter einem Carport. Und doch gab das alles nichts her, wenn man nach einem Mordmotiv suchte.

Anschließend steuerten sie die Anwaltskanzlei in Loga an, um nach der Besitzerin des Sportwagens zu suchen.

Flüchtig verdächtig

»Schöne Gegend hier«, sagte Jürgen anerkennend, als sie in Loga ankamen.

»Ja, hier wohnen Leute mit Geld«, sagte Eva.

Die Anwaltskanzlei befand sich in einer alten Villa mit einem wunderschönen Erker. Eine halbrunde breite Steintreppe führte zur schweren Eingangstür, die beim Herunterdrücken der Klinke zaghaft quietschte. Nach einem kleinen Vorflur standen sie dann, als sie durch die Tür mit buntem Ornamentglas gegangen waren, auch schon vor dem Empfangstresen.

Eva stellte sie beide vor und kam auch gleich zur Sache.

»Wir suchen eine Mitarbeiterin beziehungsweise Anwältin aus Ihrer Kanzlei, die einen roten Sportwagen fährt.«

Die junge Frau mit blondem Pferdeschwanz und Brille nickte. »Das ist Verena ... ähm ich meine Verena Ferdinand.«

»Ist Frau Ferdinand im Haus?«

»Ja, aber sie hat gerade einen Mandanten. Aber es wird wohl nicht mehr lange dauern. Sie können gerne in unserem Besucherzimmer warten.« Sie zeigte den Flur entlang.

»Ist das nicht alles ein bisschen zu einfach?«, fragte Eva, als sie durch die hohen Sprossenfenster in den rückwärtigen Garten sah, der von einem großen alten Baumbestand verdunkelt wurde.

»Noch haben wir sie ja nicht überführt«, wandte Jürgen fachmännisch ein. Er bekam Routine in der Ermittlungsarbeit und Eva fragte sich, ob wohl bald der Zeitpunkt gekommen war, wo sie ihr Gehalt würde teilen müssen.

»Kann ich Ihnen einen Kaffee oder auch Wasser bringen?« Die Blondine steckte ihren Kopf herein.

»Ein Wasser vielleicht«, sagte Eva und Jürgen nickte zustimmend.

Die Angestellte erfüllte den Wunsch und meinte, es würde nicht mehr lange dauern.

»Sie wollen zu mir?« Eine großgewachsene schlanke Frau öffnete die Tür.

Sie trug ein dunkelblaues Kostüm mit einer weißen Seidenbluse und dazu passende Pumps, die ihre ohnehin schlanke Figur lasziv streckten.

Eva fühlte sich im gleichen Moment wie ein Mehlsack, als sie Jürgens nicht uninteressierten Blick registrierte.

»Sie sind Frau Ferdinand?«, fragte Eva. Die Frau nickte.

»Wir sind von der Polizei Langeoog.« Pah wir. »Und wir hätten ein paar Fragen an Sie zu einem, oder besser gesagt zwei, Mordopfern.«

»Wenn ich helfen kann, mache ich das doch gerne. Kommen Sie bitte mit in mein Büro.«

Auch von hinten machte Verena Ferdinand eine gute Figur. Nie wieder Kartoffelpuffer und Tee mit Kluntje und Sahne.

»Bitte, nehmen Sie Platz.« Verena Ferdinand setzte sich hinter ihren Schreibtisch und wies Eva und Jürgen zwei schwere Ledersessel zu. »Worum geht es denn? Sie machen mich neugierig.«

Dir wird das Grinsen schon noch vergehen, dachte Eva. Und eigentlich meinte sie beide damit.

»Es geht um die Ermordung von Dieter Wattjes. Sagt Ihnen der Name etwas?«

Das Zucken um Verena Ferdinands Mundwinkel war Eva nicht entgangen.

»Ja, ich kenne ihn«, sagte die Schöne und zog eine weiße Zigarette aus einem silbernen Etui. »Sie auch?«

Eva lehnte ab. Für beide. Aus dem Augenwinkel sah sie, dass Jürgen wie ein Honigkuchenpferd grinste.

»Und woher kannten Sie Herrn Wattjes?«

»Er war mein Geliebter«, sagte sie ohne Umschweife und warf Jürgen einen vielsagenden Blick zu.

»War er das bis zu seinem Tod?«, fragte Eva.

»Nein, leider nicht. Er hat vor ein paar Monaten mit mir Schluss gemacht. Können Sie sich das vorstellen?« Ihr Blick wanderte wieder zu Jürgen, dem kleine Herzchen aus den Augen sprangen. Na, der konnte was erleben, wenn sie wieder auf Langeoog waren. Der konnte seine Pizza mit doppelt Käse essen, mit wem er wollte, aber nicht mit Eva Sturm.

»Warum hat er sich von Ihnen getrennt?«

»Tja, er war verheiratet«, seufzte sie. »Das ist mein Schicksal, ich treffe immer auf Männer, die schon gebunden sind.«

»Und Sie sind nicht verheiratet?«

Die Frau hob ihre Hände in die Höhe. »Kein Ring, wie Sie sehen. Ich bin noch frei.«

»Das ist schön für die Männerwelt, nehme ich an«, sagte Eva knapp. »Wann haben Sie Dieter Wattjes zuletzt gesehen, tot oder lebendig.«

»Sie haben Humor, Frau Kommissarin«, lachte Verena Ferdinand. »Es ist schon eine Weile her, dass ich mit Dieter zusammen war. Und da war er noch verdammt lebendig. In jeder Beziehung.«

Wenn Jürgen jetzt noch anfängt zu sabbern, dann fliegt er raus, dachte Eva.

»Und waren Sie gar nicht sauer, dass er sie verlassen hat? Ich meine, das kratzt doch am Ego jeder Frau, wenn ein Mann einen verlässt.«

»Nur, wenn man keine anderen kriegen kann«, konterte die Anwältin.

»Wo waren Sie gestern?«

Verena Ferdinand überlege kurz. »Hm ... also ab neun Uhr war ich hier in der Kanzlei und hatte einen Mandanten nach dem anderen ... zur Beratung.«

»Ich nehme an, dass Ihre Mitarbeiterin das bestätigen kann.«

»Moment.« Sie drückte mit ihren langen Fingern auf eine Gegensprechanlage. »Mirjam, kommen Sie bitte kurz?«

Die Tür ging im nächsten Moment auf. Der Pferdeschwanz baumelte hin und her.

»Mirjam, was habe ich gestern gemacht. Sie führen ja meinen Kalender.«

»Gestern? Da haben Sie ab neun Uhr Mandanten gehabt und ich glaube ... ja, das ging bis siebzehn Uhr durch. Das war wirklich ein harter Tag.«

»Ja. Danke Mirjam.«

Die Tür schloss sich wieder.

Den Sievers also nicht, notierte Eva im Stillen.

»Und am letzten Wochenende? Da werden Sie ja wohl nicht gearbeitet haben, hoffe ich für Sie.«

»Letztes Wochenende? Da hatte ich tatsächlich ab Freitagabend frei. Und ... ja, jetzt erinnere ich mich. Ich habe mit einer Freundin das Kino besucht und mir ein nettes Wochenende gemacht. Wir sind shoppen gegangen und abends auf die Piste in Oldenburg.«

»Und diese Freundin hat sicher auch einen Namen?«

Verena Ferdinand notierte etwas auf einem Zettel. »Hier. Ich habe Namen und Adresse aufgeschrieben.«

»Danke. Dann hätte ich gerne noch ein Foto von Ihnen, wenn es möglich ist.«

»Ein Foto? Wozu?«

»Für eine Befragung. Es erleichtert die Sache einfach, wenn ich da nicht mit einer Kohlezeichnung aufkreuze.«

Eva stellte sich vor, wie sie ihr dabei eine dicke Warze direkt auf die Nase setzen würde.

»Na, meinetwegen.« Verena Ferdinand zog Aufnahme aus einer Schublade, auf der sie die langen Haare offen trug und mit der Sonne um die Wette lächelte.

»Danke. Das war dann auch alles ... aber Moment, eine Frage hätte ich noch. Wussten Sie, dass Dieter Wattjes eine wertvolle Briefmarkensammlung besaß?«

»Briefmarken?« Sie sagte das Wort, als bisse sie gerade auf eine Zitrone. »Nein, seine Briefmarkensammlung hat er mir nicht gezeigt. Dafür blieb wohl keine Zeit.« Sie lächelte wieder.

Eva und Jürgen verabschiedeten sich, wobei Verena Ferdinand ihm eine Visitenkarte zusteckte. Das hatte Eva genau gesehen. Sie sagte aber nichts dazu, sondern dachte an lange einsame Winterabende auf Langeoog.

»Ich brauche dich wohl nicht zu fragen, was du von ihr hältst«, sagte sie ohne Umschweife, als sie wieder im Wagen saßen.

»Bist du eifersüchtig?«

»Worauf? Etwa auf die langen schlanken Beine? Ich bitte dich.« Sie warf den Wagen an, legte den Gang ein und das Getriebe jaulte auf.

»Eva, hör auf. Das hast du wirklich nicht nötig.«

Noch ein Wort und ich schmeiß ihn raus. An der Ausfahrt nahm sie eine von den Geranien mit. Sie fuhr Richtung Spierkreuzung.

»Und jetzt? Fahren wir nach Esenses?« Jürgen hielt sich am Sitz fest.

»Keine Ahnung.« Bei Dunkelorange ging die Fahrt weiter in die Bremer Straße.

»Kannst du bitte mal anhalten.« Jürgen klang genervt. Eva fuhr rechts auf den Streifen für den Busverkehr und sah stur aus dem Seitenfenster.

»So schlimm?«, fragte Jürgen. »Guck mal, ich bin doch auch keine Schönheit.«

»Das weiß ich«, brummte Eva. »Darum geht es doch auch gar nicht.«

»Sondern?«

»Ach lass uns die Sache einfach vergessen.« Sie drehte sich zu ihm. »Es tut mir leid. Das war albern.«

»Eben.«

»Und jetzt?«

»Jetzt gucken wir uns noch den netten Hof von Heinrich Gerlach an.«

»Heinrich Gerlach? Wie kommst du denn jetzt auf den?«

»Keine Ahnung. Aber wenn man schon mal hier ist ...«

»Hast du denn die Adresse dabei?«

»Jo.« Jürgen zog einen zerknitterten Zettel aus der Jackentasche. »Ich hab mir mal die Mühe gemacht, die Adressen der Opfer rauszusuchen.«

»Das nenn ich mal harte Ermittlungsarbeit. Und wo müssen wir hin?«

»Nach Ditzumerhammrich«, las Jürgen vor und ergänzte noch die Straße für das Navi.

»Aber du weißt schon, dass der Mann alleine lebte. Wen willst du denn da befragen? Er ist tot.«

»Vermisst, liebe Eva. Tot ist man erst, wenn man mausetot auf dem Seziertisch liegt.«

Eva gab sich geschlagen und sie fuhren über die Autobahn durch den Emstunnel ins Rheiderland. Erst kurz vor den Niederlanden fuhren sie ab.

»Hier sagen sich Hase und Igel aber auch gute Nacht«, meinte Jürgen.

»Mindestens.« Eva nahm die schmale kurvige Straße übers platte Land mit dem alten Opel von Klara, als führe sie auf rohen Eiern.

Dann endlich kamen sie bei dem alleinstehenden Hof von Heinrich Gerlach an. Bis zur Scheune führte sie nur ein Schotterweg und zum Haupthaus ein kleiner Gehweg aus Pflastersteinen. Ein halb abgetragener Misthaufen war eingetrocknet und roch nicht mehr. Fenster und Türen waren verschlossen.

»Dass hier noch jemand wohnt«, meinte Eva. Sie drückte ihre Nase an ein kleines Fenster und sah durch den Spalt, den eine blauweiß karierte Gardine freigab.

»Wir müssen da rein«, sagte Jürgen pragmatisch. »Sonst war die ganze Kurverei ja umsonst.«

»Ja. Aber wie?«

»Lass mich man machen.« Er ging ums Haus herum und es dauerte gute fünf Minuten, bis er den Haupteingang öffnete. Die schmale Holztür war abgeblättert und quietschte, als Jürgen die Klinke herunterdrückte.

»Gespenstisch«, sagte Eva. »Ich komme mir vor, wie ein Einbrecher.«

»Du bist ein Einbrecher.«

»Dass hier jemand ganz alleine lebt ... und auch noch Briefmarkensammler ist.« Eva lugte in das kleine Wohnzimmer mit den grünen Polstermöbeln und einem kleinen Fernseher auf einer schwarzen Kommode.

Jürgen war in die Küche gelaufen.

»Guck mal Eva, hier liegt etwas.«

Schnell war sie bei ihm. »Fass ja nichts an«, sagte sie, als sie den Zettel auf dem Küchentisch sah. »Was steht drauf?«

»Dass sich jemand von den Nachbarn um den schwarzen Kater kümmern soll. Mein Gott, der hat ja wirklich an alles gedacht, als er geplant hat, sich umzubringen«, meinte Jürgen.

»Tja, oder auch nicht«, sagte Eva und sah düster auf den Kassenbon eines Einkaufscenters, der auch auf dem Tisch lag.

»Was meinst du?«

»Da.« Sie zeigte auf den Schnipsel.

»Er hat eingekauft«, sagte Jürgen. Er beugte sich vor. »Unter anderem Katzenfutter für William.«

»Tja, aber guck mal auf das Datum.«

Jürgen las vor: »Fünfzehnter Oktober 2015.«

»Na klingelt's?«

»Oh man, da war er ja schon tot.«

»Oder eben auch nicht«, sagte Eva triumphierend. »Ich glaube, der Heinrich Gerlach hat uns ganz schön an der Nase herumgeführt.«

Updrögt Bohnen *(Rezept am Ende des Buches)*

Eva und Jürgen saßen mit Klara im Wohnzimmer und stießen mit einem Klaren an.

»Das Essen war wieder vorzüglich«, lobte Jürgen. »Es ist schon verdammt lange her, dass ich Updrögt Bohnen gegessen habe.«

»Oh danke, junger Mann«, sagte Klara. »Aber es ist doch eigentlich ein ganz einfaches Gericht. Nur heute macht sich keiner mehr die Mühe, grüne junge Bohnen aufzufädeln, trocknen zu lassen und dann stundenlang zu kochen. Die jungen Frauen heutzutage lernen sowas ja gar nicht mehr.« Sie seufzte und ließ ihren Blick ins Innere wandern.

»Ja, du hast recht Klara«, stimmte Eva zu. »Ich hab mich auch immer vorm Kochen gedrückt. Und so gut wie du würde ich ostfriesische Gerichte sowieso nicht hinbekommen. Die Mettwurst und der Speck werden mir noch lange auf den Hüften in Erinnerung bleiben.«

»Ach Eva, du machst dir viel zu viele Gedanken um dein Äußeres«, meinte Klara und schenkte noch einen Korn ein.

»Sag ich auch immer«, stimmte Jürgen zu. »Es kommt auf die inneren Werte an. Und die verfeinere ich jetzt mal mit einem Schnäpschen.« Er prostete den Frauen zu.

Sie erzählten sich noch Geschichten, wobei am meisten Klara aus der Vergangenheit berichtete. Eva hörte ihr gerne zu. Straßen, die eigentlich noch Wege waren, wo man als Kind im gelben Sand mit Autos gespielt hatte, indem man Straßen und Burgen baute. Dann waren sie durch Wälder gestreift, auf Bäume geklettert und hatten stundenlang damit zubringen können, Frösche in Teichen zu beobachten. Wo war diese Zeit geblieben? Klara war ganz wehmütig, als sie den beiden eine gute Nacht wünschte. Eva ging zu ihr und drückte sie noch mal.

»Ich mag deine Freundin«, sagte Jürgen, als sie alleine waren.

»Ja, sie ist eine ganz besondere Frau.« Evas Stimme hatte einen melancholischen Klang. »Hoffentlich bin ich auch so glücklich, wenn ich alt bin.«

»Du könntest ja schon jetzt damit anfangen.« Jürgen schenkte noch mal nach.

»Das ist dann jetzt aber auch der Letzte, sonst fange ich noch an zu heulen.«

»Dass Frauen immer sentimental werden müssen, wenn sie Alkohol trinken, habe ich noch nie verstanden.«

»Musst du auch nicht. Lass uns über den Fall sprechen. Da haben wir doch einiges geschafft heute. Und trotzdem sind wir so schlau wie zuvor.«

»Man muss das Ganze nur richtig ordnen. Ich fand die Anwältin ja ganz interessant.«

»Das habe ich gesehen.« Eva kniff den Mund zusammen.

»Ich kann mir schon vorstellen, dass sie irgendwas mit der Sache zu tun hat. Aber auf der anderen Seite frage ich mich, warum sie es nötig haben sollte, einen Lover, der sie nicht mehr will, umzubringen. Die kann doch an jedem Finger zehn haben. Die braucht doch bloß ...«

»Ist ja gut, ich hab's jetzt auch verstanden«, schnitt ihm Eva das Wort ab. »Aber wer hat dann Dieter Wattjes ermordet? Und Wilfried Sievers. Wie hängt das bloß zusammen?«

»Auf jeden Fall sind wohl Briefmarken das Bindeglied für alles.« Jürgen hatte sich klammheimlich noch einen eingeschenkt und seine Stimme wurde breiter.

»Natürlich hängt alles damit zusammen. Aber ich verstehe noch nicht, warum deswegen zwei Männer sterben müssen. Und einer uns praktisch seinen Tod vortäuscht. Hast du dir etwa noch einen eingeschenkt?«

»Manche Dinge kann man nur noch im Suff ertragen.« Jürgen kicherte diebisch.

»Dann werde ich von dir heute Abend wohl keine großartigen Hinweise mehr erwarten dürfen.«

»Du kannst doch nicht immer nur an die Arbeit denken, liebe Eva.« Er zwinkerte ihr zu.

»Und wenn doch alles nur ein blöder Zufall ist? Ich meine, es könnte doch wirklich sein, dass die beiden Morde unabhängig voneinander geschehen sind. Nur leider trafen sie zeitlich so ein, dass wir meinen, es muss derselbe Mörder sein. Nun denk doch mal nach.«

Jürgen räusperte sich und richtete sich aus seiner halb liegenden Position im Sofa auf. »Das könnte natürlich sein, dass die Morde gar nichts mit Briefmarken zu tun haben. Oder wenigstens einer. Sabine Wattjes könnte ihren Mann ja auch aus Eifersucht umgebracht haben.«

»Du meinst, die war auch auf Langeoog, obwohl sie uns was anderes erzählt hat?«

Jürgen nickte. »Warum denn nicht. Vielleicht wollte sie ihren Mann endlich mal inflagranti erwischen und zur Rede stellen. Es ist doch klar, dass ein Ehebrecher so einen mehrtägigen Ausflug ohne seine Ehefrau dafür nutzt, sich mit seiner Geliebten zu vergnügen.«

»Tja, und dann hat sie ihn erwischt und erschlagen vor lauter Wut, anstatt sich zu unterhalten. Das leuchtet mir ein. Würde eigentlich jede Frau so machen. Aber dass sie dann auch noch Wilfried Sievers umbringt, ist unwahrscheinlich. Auf den war sie ja gar nicht müde.«

»Was?«

»Ach ... ich meinte wütend. Mir fallen schon die Augen zu. Wollen wir nicht lieber schlafen gehen.«

»Ja, du hast recht. Wir fahren doch morgen wieder rüber, oder?«

»Ich weiß noch nicht. Aber wahrscheinlich wohl. Vielleicht ist in der Dienststelle ja noch was eingegangen.«

Es wurde für beide eine unruhige Nacht. Für Jürgen, weil er, sobald er die Augen zumachte, eine Anwältin sah, die sich lasziv auf ihrem Bürotisch räkelte. Und für Eva, weil sie einfach nicht dahinter kam, was eigentlich in Jürgen vorging. Warum lief er wie ein kleiner Hund hinter ihr her, wenn er doch nur andere Frauen im Kopf hatte? Waren es nur Beschützerinstinkte, oder empfand er etwas für sie? Und wenn nicht, wovor wollte er sie bewahren? Immer wieder drehte sie sich im Bett hin und her, stand wieder auf, sah aus dem Fenster in die Nacht, wo alles still war in Esens. Sie hatte doch tatsächlich Heimweh nach ihrer kleinen Insel. Ihr fehlte das Rauschen des Meeres direkt in ihrer Nähe. Man konnte sich wirklich an alles gewöhnen und lieben lernen. Beseelt von diesem Gedanken schlief auch Eva irgendwann ein.

Gerade, als sie von Sonne, Strand und Meer träumte, wurde sie von ihrem Handy unsanft geweckt. Es klingelte nur kurz, also war eine SMS eingegangen. Sie sah auf den elektronischen Wecker. Es war kurz vor sechs. Wer um alles in der Welt? Sie drehte sich aus dem Bett und lief zur Kommode.

Ich möchte eine Aussage machen. Wenn Sie noch in Esens sind, kommen Sie doch später auf einen Kaffee vorbei. Sabine Wattjes

Was um alles in der Welt hatte das nun wieder zu bedeuten? Sollte sie Jürgen wecken? Aber dafür war es wirklich noch ein bisschen zu früh. Also kroch sie wieder ins Bett und starrte an die Decke. Was hatte Sabine Wattjes ihr so wichtiges mitzuteilen? Warum wollte sie plötzlich reden, wo sie doch vorher kaum den Mund aufgekriegt hatte? Irgendwas war hier oberfaul. Sie sah noch einmal auf den Wecker. Gleich war es sieben. Also so langsam konnte man aber wirklich aufstehen. Da hörte sie auch schon, wie Klara in der Küche hantierte und offensichtlich das Frühstück vorbereitete.

Eva lief ins Bad und sprang unter die Dusche. Vielleicht brachte der Tag ja endlich die ersehnte Lösung für all ihre Fragen.

»Guten Morgen Klara«, begrüßte sie ihre Freundin. »Das duftet immer so herrlich, wenn du Kaffee machst. Bei mir riecht das nie so.«

»Das denkst du nur. Aber es ist immer schöner, wenn man woanders frühstückt, ich weiß genau, was du meinst. Vielleicht liegt es daran, dass man dann alles viel intensiver wahrnimmt.«

Da mochte sie recht haben. Wer stellte sich schon in seine eigene Küche und sog bewusst den Duft ein, wenn er etwas zubereitete? Sie würde es mal versuchen auf Langeoog, nahm sie sich vor.

»Wie lange wart ihr denn noch auf?«

»Ach ... gar nicht so lange. Wir haben uns noch über den Fall unterhalten.«

»Ja ja.« Klara lächelte vielsagend. »Willst du deinen Partner mit dem zauberhaften Lächeln dann mal wecken?«

»Klara, also wirklich. Da ist nichts zwischen Jürgen und mir. Wir sind Freunde, mehr aber auch nicht.«

»Sicher.«

Eva ging in den Flur und klopfte an Jürgens Tür.

»Komme gleich«, rief er. Offensichtlich war er schon aufgestanden.

Fast fühlte es sich richtig an, dass sie hier zusammen mit ihm bei Klara war. Aber auch nur fast.

»Sabine Wattjes hat mir in aller Frühe eine SMS geschickt, dass sie eine Aussage machen möchte«, erzählte Eva.

»Dann willst du da heute sicher nochmal hin, nehme ich an«, sagte Jürgen.

Eva nickte. »Es macht ja keinen Sinn, wenn ich erst zur Insel rüberfahre. Aber du kannst gerne die nächste Fähre nehmen, ich kann auch alleine nach Moormerland fahren.«

»Ach was. Ich komme mit. Wo ich doch schon mal in dem Fall drin bin.«

Klara lugte zufrieden über ihre Zeitung.

Die Schlinge zieht sich zu

Gegen elf Uhr kamen sie schließlich wieder in Moormerland an und klingelten an Sabine Wattjes Haustür.

»Kommen Sie herein, ich habe Sie schon erwartet.«

Sie machte auf Eva einen überaus disziplinierten Eindruck und auch das Jämmerliche mit den rotgeweinten Augen war verschwunden. Eigentlich sah sie gar nicht mehr wie die Sabine Wattjes aus, mit der sie so viel Mitleid empfunden hatte bei ihrem ersten Besuch.

»Sie möchten also eine Aussage machen«, sagte Eva. Sabine nickte und bat die beiden, am Esszimmertisch Platz zu nehmen.

»Ich will Sie gar nicht lange aufhalten«, begann sie. »Es geht um diese Frau, mit der mein Mann ein Verhältnis gehabt hat. Ich habe gelogen, als ich sagte, dass ich nicht wüsste, um wen es ginge.«

»Sie kennen sie also?«

»Kennen wäre zu viel gesagt. Aber ich weiß, dass es sich um eine Anwältin handelt, die in Loga arbeitet. Sie heißt Verena Ferdinand.«

»Das wissen wir bereits«, mischte sich Jürgen ein. »Wir haben schon mit ihr gesprochen.«

Sabine machte ein erschrockenes Gesicht, das Eva noch nicht zu deuten wusste. »Davon haben Sie aber bisher nichts gesagt.«

»Wir müssen Sie nicht über unsere Ermittlungsarbeit auf dem Laufenden halten, Frau Wattjes«, sagte Eva bestimmt. »Aber Ihre Pflicht ist es schon, uns alles zu sagen, was Sie wissen. Und ich frage mich jetzt, warum Sie die Sache bisher verschwiegen haben.«

»Woher wissen Sie denn, dass es diese Anwältin ist?«

»Von Ihrer Nachbarin ...«

»Das hätte ich mir ja denken können. Aber trotzdem verstehe ich nicht, wie sie ...«

»Sie hat den Wagen von Frau Ferdinand beobachtet hier in der Nähe und gesehen, dass Ihr Mann ausgestiegen ist. Da hat sie dann wohl eins und eins zusammengezählt.«

»Dann wusste es bestimmt die ganze Siedlung. Wie peinlich.«

»Solche Dinge sind immer unappetitlich. Aber woher wussten Sie denn eigentlich, um welche Frau es ging? Doch wohl nicht von Ihrer Nachbarin?«

Sabine Wattjes schluckte. Ihr schien die ganze Angelegenheit immer noch nahe zu gehen. Doch Eva kam das ganze Verhalten etwas aufgesetzt vor. Was spielte diese Frau für ein Spiel?

»Nein, es war nicht die Nachbarin.« Sabine lachte höhnisch auf. »Die reden zwar über aber nicht mit einem. Nein, ich habe es mit eigenen Augen gesehen, als ich Dieter nach Langeoog gefolgt bin.«

»Sie waren auf Langeoog?«, fragte Eva erstaunt und Jürgen machte ein selbstzufriedenes Gesicht. Er hatte den Verdacht ja selbst unter Alkoholeinfluss geäußert.

»Ja, ich war dort. Ich bin ihm nachgefahren, ohne dass er davon wusste. Ich wollte einfach Klarheit haben, ob er sich dort mit einer anderen Frau trifft.«

»Und? Hat er?«

Sabine Wattjes nickte. »Ja. Es war diese Verena Ferdinand. Ich habe gesehen, wie sie in das Hotel zu ihm aufs Zimmer gegangen ist. Es hat mich zutiefst verletzt. Ich bin dann in mein Hotel gegangen und sofort mit der nächsten Fähre wieder zurück gefahren. Ich hatte genug gesehen.«

»Okay. Das leuchtet mir ein«, sagte Eva, »dass Sie dann als Erstes den Wunsch verspürt haben, einfach wegzulaufen.«

»Das würde wohl jeder Frau so gehen ...«

»Vielleicht. Aber es gibt auch einige, die dann eine enorme Wut entwickeln und Dinge im Affekt tun, zu denen sie sonst nie fähig wären.«

»Sie glauben doch wohl nicht, dass ich meinen Mann ermordet habe?«

»Es wäre doch nur zu verständlich, wenn Ihnen die Sicherungen durchgebrannt wären«, meinte Jürgen.

»So war es aber nicht. Ich bin ins Hotel gegangen und dann abgefahren. Ich wollte nur noch weg. Wenn Dieter wieder nach Hause gekommen wäre, hätte ich ihm gesagt, dass ich mich scheiden lassen werde. Aber dazu ist es ja leider nicht mehr gekommen.« Sie drückte eine Träne aus dem Augenwinkel.

Eva glaubte ihr diese Gefühle nicht so recht. Es war etwas in ihrem Blick, das anders war als bei ihren letzten Gesprächen. Irgendetwas war geschehen mit Sabine Wattjes. Aber was?

»Wissen Sie Frau Wattjes, ich glaube Ihnen nicht«, sagte Eva. »Sie haben uns erzählt, wie sehr Sie unter dem Verhalten Ihres Mannes gelitten haben. Und dann noch die Sache mit der Kinderlosigkeit. Sie hegen den Verdacht, dass Ihr Mann Sie betrügt, und ertappen ihn auf frischer Tat. Und dann wollen Sie mir erzählen, dass Sie sich so im Griff haben, dass Sie einfach gehen? Das ist doch recht unwahrscheinlich.«

Sabine Wattjes zuckte mit den Schultern und sah ihr kalt ins Gesicht.

»Ich erzähle Ihnen jetzt mal, was ich glaube. Sie haben Ihren Unfall als willkommene Ausrede gesehen, nicht mit nach Langeoog fahren zu müssen. Dann entwickelten Sie den eiskalten Plan, Ihren Mann zu beschatten. Und erzählen Sie mir nicht, dass Sie nicht wütend waren, als Sie sahen, wie diese fremde Frau auf sein Hotelzimmer ging. Und dann sind in Ihnen alle Emotionen, alle Verletzungen der letzten Jahre wieder hochgekommen. Sie haben Wut gespürt. Sie haben gehasst. Dieser Mann, wegen dem Sie auf alles verzichtet haben, hintergeht sie schamlos. Vergnügt sich mit einer anderen und vor allem viel attraktiveren Frau. Zeigen Sie mir eine Frau, die dann nicht die Nerven verliert.« Eva warf einen Blick Richtung Jürgen, der zusammenzuckte.

»Und dann haben Sie gewartet, bis diese Frau das Hotelzimmer Ihres Mannes wieder verlassen hat. Quälende Stunden, in denen Sie sich vorgestellt haben, was die beiden da treiben. Sie sahen die nackten Leiber vor sich, die sich in Ekstase liebten. Sich küssten und streichelten. Ihr Mann liebte eine andere Frau, und das konnten Sie nicht länger ertragen. Sie haben dann, als er endlich wieder alleine war, an seine Tür geklopft. Er war überrascht, hat Sie aber, bevor Sie eine Szene machen konnten, mit ins Zimmer gezogen. Und dann hat er versucht, mit Ihnen zu reden. Vielleicht hat er gesagt, dass alles ganz anders ist. Dass er diese Frau nicht liebt, dass er damit aufhören wird, sie zu treffen. Aber Sie, Frau Wattjes, Sie waren bis ins Mark enttäuscht und verletzt. Sie fühlten nur noch Verachtung für ihn. Sie wollten nicht mehr reden. Und dann haben Sie nach etwas gegriffen, vielleicht eine Lampe oder eine Weinflasche und dann haben Sie zugeschlagen.«

Sabine Wattjes zeigte kaum eine Regung. Seelenruhig hatte sie Eva zugehört. Und jetzt saß sie da, als ginge sie das Ganze nicht das Geringste an. Als habe man Sie gerade nicht des Mordes an ihrem Mann beschuldigt. Sie wirkte unbeteiligt.

»Ich kann mich da nur wiederholen«, sagte sie schließlich. »Sie irren sich, ich habe meinen Mann nicht getötet. Warum hätte ich Sie dann heute hierher gebeten wegen einer Aussage? Wäre das nicht ziemlich dumm von mir gewesen, Frau Kommissarin?«

Ja, das wäre es wohl, dachte Eva. Aber auf der anderen Seite könnte das genau zu deinem Plan gehört haben, du durchtriebenes Miststück.

»Ich denke, Sie haben uns heute hierher bestellt, um uns auf eine falsche Fährte zu locken, Frau Wattjes. Und deshalb verhafte ich Sie hiermit wegen des dringenden

Tatverdachts, Ihren Mann Dieter Wattjes kaltblütig erschlagen zu haben.«

»Sie machen einen Fehler«, sagte Sabine Wattjes nur. »Aber bitte, nehmen Sie mich mit. Lassen Sie die wahre Täterin gerne davonkommen. Sie haben ja keine Ahnung, wozu diese Verena Ferdinand imstande ist. Glauben Sie etwa, Dieter war der Einzige, der ihren Spielchen auf den Leim gegangen ist. Da waren noch andere.«

»Was wollen Sie damit sagen? Haben Sie Frau Ferdinand etwa beobachtet?«, fragte Eva neugierig.

»Ja, das habe ich. Über Monate bin ich ihr gefolgt. Glauben Sie denn, dass ich blind bin. Wenn schon meine Nachbarin meinen Mann mit der Schlampe im Wagen sieht, warum sollte ich dann ahnungslos geblieben sein? Natürlich wusste ich schon lange, dass es dieses verdammte Miststück auf meinen Mann abgesehen hat. Und natürlich ist er auf sie hereingefallen. Sie sieht ja auch verdammt gut aus. Viel besser als eine alte Ehefrau, mit der man schon seit über fünfzehn Jahren tagein tagaus am Frühstückstisch sitzt. Natürlich braucht man einen Mann dann nicht lange zu überreden.«

Eva schielte zu Jürgen. Doch er hielt sich mit zustimmenden Äußerungen wohlweislich zurück. Zum Glück bekam sie sein Kopfkino nicht mit.

»Und Sie haben Verena Ferdinand auch mit anderen Männern gesehen? Wollen Sie das damit sagen?«

Sabine nickte. »Ja. Es waren andere Männer im Spiel, während sie meinem Mann schöne Augen machte.«

»Das wäre doch die Gelegenheit für Sie gewesen, Ihrem Mann die Augen zu öffnen. Sie hätten ihm davon erzählen können und vielleicht hätte er dann Schluss gemacht mit ihr.«

»Die Blöße wollte ich mir nun wirklich nicht geben, Frau Kommissarin. Erst verfolge ich ihn und dann auch noch seine Geliebte. Am Ende wäre ich wieder die hysterische Ehefrau gewesen. Nein danke.«

»Da haben Sie wohl lieber monatelang gelitten und sind den beiden dann in ihr Liebesnest auf Langeoog gefolgt, verstehe.«

Sabine Wattjes nickte. »Es muss doch nicht immer alles rational erklärbar sein, wenn es um Gefühle geht.« Sie weinte und diesmal wirkten ihre Tränen echt.

»Nein, sicher nicht. Kennen Sie denn jemanden von den anderen Herren, mit denen die Anwältin noch etwas am Laufen hatte?«, fragte Jürgen.

»Einen auf jeden Fall. Es war Wilfried Sievers.«

»Der Vorsitzende des Briefmarkenvereins?«, fragte Eva erstaunt. Sie konnte sich ja vieles vorstellen, aber das Verena Ferdinand auf den Abfuhr nun wahrlich nicht. Der war doch viel zu alt und hatte eine Halbglatze. Manche Reize schlummerten anscheinend sehr im Verborgenen.

»Ja, genau dieser«, sagte Sabine und schnäuzte sich. »Offensichtlich hat sie es mit dem halben Verein getrieben.«

Vielleicht hat deshalb die Witwe von Sievers so gleichgültig reagiert, dachte Eva. Wenn sie davon wusste, dass ihr Mann fremdging, dann war es durchaus erklärlich.

»Und Sie wollen uns jetzt sicher erzählen, dass Verena Ferdinand auch Wilfried Sievers umgebracht hat, richtig?«

»Wäre das so abwegig?«, meinte Sabine.

»Und ein Motiv haben Sie sicher auch schon parat.«

»Vielleicht hat der Wilfried etwas davon mitbekommen, dass auch Dieter ... also ich meine, stellen Sie sich doch mal vor, der Wilfried hat sich so richtig Hoffnungen gemacht auf die Ferdinand. Dann kriegt er mit, dass auch Dieter etwas mit ihr hat. Vielleicht wollte er nur was mit meinem Mann trinken und hat nochmal an seine Zimmertür geklopft. Und dann kriegt er etwas von dem Treiben der beiden mit. Er wartet ab, bis sie fertig sind und Verena Ferdinand rauskommt. Dann will er die beiden zur Rede stellen. Aber da ist Dieter längst tot. Und der Wilfried ist Zeuge. Also muss sie ihn doch noch aus dem Weg räumen, oder?«

»Das klingt ja alles sehr spannend, Frau Wattjes. Aber die Frage ist doch, warum Verena Ferdinand dann noch gewartet hat, bevor sie Wilfried Sievers umgebracht hat. Ist das nicht merkwürdig?«

»Ich habe keine Ahnung. Aber das sind ja auch nur meine Gedanken, die ich Ihnen mitgeteilt habe. Ich zermartere mir seit Tagen den Kopf, wie alles passiert ist. Was ich vielleicht hätte verhindern können ...« Sie schluchzte.

»Sie haben doch beobachtet, dass Verena Ferdinand in das Zimmer Ihres Mannes ging. Wäre es da nicht denkbar, dass Sie dann auch gesehen haben könnten, wie auch Wilfried Sievers zu Ihrem Mann ging?«

»Ich sagte doch, dass ich einfach weggelaufen bin. Das ist die Wahrheit. Mehr brauchte ich doch nicht zu wissen, als die Tatsache, dass mein Mann mich betrügt.«

Sie konnte ja mit allem recht haben, dachte Eva. Und sie hatte nicht wirklich etwas in der Hand, um diese Frau festzunehmen. Sie hatte ja sogar freiwillig ausgesagt. Aber warum? Das war doch eigentlich die viel spannendere Frage. Warum war sie ausgerechnet jetzt mit der angeblichen Wahrheit herausgerückt?

»Gut Frau Wattjes, wir beenden das Ganze mal an dieser Stelle. Ich werde Sie jetzt nicht verhaften, aber ich muss Sie dringend bitten, nicht zu verreisen und zu unserer Verfügung zu stehen.«

»Aber natürlich, Frau Kommissarin. Ich will doch mit dazu beitragen, dass die schreckliche Geschichte endlich ein Ende hat.«

Das glaube ich dir sogar. Und ich werde auch noch rausfinden, warum du es jetzt so eilig hast, dachte Eva.

»Nochmal zu Frau Ferdinand, nehme ich an.« Jürgen hatte die Wagenschlüssel an sich genommen und lief zur Fahrertür.

»Ja, macht doch Sinn oder?« Eva war noch immer in Gedanken.

»Dann steig ein.«

Sie führen über die A31 nach Leer.

»So blöd klang das gar nicht, was die Wattjes uns da gerade erzählt hat«, meinte Jürgen, als sie durch eine kilometerlange Baustelle fuhren.

»Nein, sicher nicht. Und vielleicht klang alles viel zu gut. Ich meine, wir waren doch schon bei ihr gewesen. Aber da wusste sie angeblich von nichts und hat uns angelogen. Und plötzlich fällt ihr dann eine passende Geschichte ein, wo uns die Täterin auf dem Silbertablett serviert wird. Wie passt das denn zusammen?«

»Das könnte der Schock gewesen sein«, meinte Jürgen und fädelte sich wieder auf die freie Fahrbahn ein. »Und wer lügt denn nicht, wenn er merkt, dass er unter Tatverdacht steht?«

»Kann ja sein, dass du recht hast. Und trotzdem kommt mir das Ganze zu konstruiert vor.«

»Vielleicht, weil du nicht selber drauf gekommen bist.«

Warum eigentlich nicht?, fragte sich Eva. Denn die Story klang wirklich zu schön, um wahr zu sein. Ein bisschen zu schön.

Jürgen hielt vor der Kanzlei. Der rote Sportwagen stand vor der Tür.

»Wir müssten nochmal zu Frau Ferdinand«, sagte Eva zum Pferdeschwanz, der heute offen getragen wurde.

»Sie haben Glück«, sagte die junge Frau, »Frau Ferdinand ist gerade frei.«

Sie führte die beiden zu ihrem Büro.

»Sie schon wieder?«, fragte Verena Ferdinand erstaunt, als sie Eva und Jürgen sah.

»Wir hätten noch ein paar Fragen«, sagte Eva.

»Möchten Sie etwas trinken?«

»Nein danke, es dauert sicher auch nicht lange.«

Die junge Frau verschwand.

»Was kann ich denn noch für Sie tun?« Verena Ferdinand lehnte sich zurück, so dass ihre Bluse spannte. Jürgen riskierte einen Blick, den Eva sehr wohl registrierte.

»Wir haben der Frau Ihres Geliebten gerade einen Besuch abgestattet und sie hat gemeint, dass Sie als Täterin infrage kommen.« Eva war gespannt, ob sie über diese Falle stolpern würde.

Verena Ferdinand sah sie misstrauisch an. »Ich soll Dieter ermordet haben?«, fragte sie.

»Den, oder vielleicht auch Wilfried Sievers ... oder am besten gleich beide. Was halten Sie von dieser Theorie?«

»Wilfried wen? Der Name sagt mir nichts. Wer soll das sein?«

»Das ist das zweite Opfer aus dem Briefmarkenverein, wir hatten Ihnen doch schon davon erzählt.«

»Ach so, der. Ja, aber der Name war mir wohl entfallen, entschuldigen Sie.«

»Sie kannten Wilfried Sievers also nicht persönlich?«

»Es kann sein, dass Dieter mal von ihm gesprochen hat. Vielleicht habe ich ihn auch gesehen, als ich auf Langeoog war.«

»Aha, Sie waren also auch auf Langeoog? Das haben Sie uns das letzte Mal aber verschwiegen.«

So ein Mist, dachte Verena. Wie konnte ihr dieser Faux Pas bloß passieren?

Jetzt musste sie die Wahrheit sagen, bevor alles noch schlimmer wurde.

»Ja, ich habe Sie angelogen«, gab sie zu. »Ich war auf Langeoog, um mich mit Dieter zu treffen.«

»Und dann? Was ist dann passiert?«

»Sie meinen, warum Dieter tot ist? Das weiß ich nicht. Ich war auf seinem Zimmer, nachdem er das Gala-Dinner verlassen hatte. Wir waren da verabredet ... und haben, nun ja, Sie wissen schon.«

Jürgen fuhr sich mit der Zunge über den Mund. So ein Schwein, dachte Eva.

»Ja, wir können uns denken, was da los war«, sagte Eva barsch. »Wie ging der Abend denn zu Ende?«

»Ich bin vielleicht so gegen drei Uhr gegangen. Dieter fand das besser, dass mich niemand aus dem Verein am Morgen aus seinem Zimmer kommen sieht, deshalb.«

»Und als Sie das Zimmer verließen, ist Ihnen niemand begegnet?«

Verena Ferdinand schüttelte den Kopf. »Unten in der Hotelhalle waren noch Leute, die wohl auf ihre Zimmer wollten. Aber ich kannte sie nicht.«

»Und Wilfried Sievers haben Sie nicht zufällig getroffen?«

»Ich sagte doch schon, dass ich diesen Mann eigentlich nicht kenne.«

»Nun, Frau Wattjes hat aber ausgesagt, dass Sie ein Verhältnis mit Wilfried Sievers hatten.«

»Wie bitte?« Verena Ferdinand setzte sich wieder gerade hin und zog ihren Blazer zusammen. »Wie kommt diese Frau denn darauf?«

»Weil Sie sie eine ganze Weile beobachtet hat, weil Sie wusste, dass Sie ein Verhältnis mit ihrem Mann hatten. Sie ist Ihnen gefolgt und hat gesehen, dass Sie sich auch mit Wilfried Sievers getroffen haben.«

Die Anwältin drückte einen Knopf an der Gegensprechanlage.

»Bringen Sie mir bitte einen starken Kaffee«, sagte sie.

»Und? Stimmt es jetzt, was Sabine Wattjes behauptet?«, fragte Eva eindringlich.

»Da war mal was ... aber nur kurz«, gab Verena Ferdinand schließlich zu. Der Kaffee wurde gebracht.

Ja lügen denn hier alle?, fragte Eva sich. Was war nur mit diesen Frauen los? Und was war mit ihr los? Warum führte sie ein so verdammt stinklangweiliges Leben?

Vielleicht sollte sie doch etwas mit Jürgen ... das wäre schon mal ein guter Anfang.

Aber jetzt wieder zu den Verdächtigen. Sollte sie Verena Ferdinand festnehmen? Oder doch lieber Sabine Wattjes? Ihr schwirrte der Kopf. Oder einfach beide? Es war ganz sicher, dass eine von beiden das Blaue vom Himmel log. Wer hatte hier wen und warum umgebracht? Sie hoffte inständig, dass jetzt nicht auch noch die Witwe von Sievers als Täterin ins Spiel kam. Und von Heinrich Gerlach ganz schweigen. Um den Abtrünnigen musste sie sich ja auch noch kümmern.

Aber jetzt musste sie zunächst das Rätsel Verena Ferdinand lösen. Sie hatte nur Verdachtsmomente. Und natürlich hätte sie ein Motiv gehabt, Dieter Wattjes zu töten. Wenn es zum Beispiel ganz anders gewesen war, als sie hier vorgab. Was, wenn Dieter Wattjes gar nicht so begeistert gewesen wäre von Ihrem plötzlich Auftauchen in seinem Hotelzimmer? Hatte er sie nicht abserviert um des lieben Friedens willen mit seiner Frau? Das konnte schon am Ego so eines Vamps nagen, auch wenn sie noch so viele Männer haben konnte. Was, wenn sie nur diesen einen gewollt hatte?

»Geben Sie es zu«, sagte Eva plötzlich, »Sie haben Dieter Wattjes geliebt. Ich meine richtig und nicht nur als

Zeitvertreib, wie es sonst wohl so üblich zu sein scheint. Und dann konnten Sie es nicht ertragen, dass er sie verlassen hat wegen seiner Frau. Einer Frau, die er gar nicht mehr liebt. Sie wollten, dass er Sie und nur Sie liebt. Aber dazu war er nicht bereit. Er hat es geschafft, sich von Ihnen zu trennen. Männer können so was. Aber bei Ihnen war das anders. Es nagte an Ihnen wie ein spitzer Stachel. Sie wollten ihn zurück mit Haut und Haar. Sie sind ihm ohne sein Wissen nach Langeoog gefolgt, weil Sie dachten, dass Sie ihn dann wieder rumkriegen können. Doch das hat dann nicht geklappt. Sie haben an seine Tür geklopft und er war nicht gerade begeistert, Sie zu sehen. Natürlich hätte er in diesem Moment nichts lieber getan, als mit Ihnen ins Bett zu gehen. Aber er wusste, dass dann alles wieder von vorne anfangen würde. Also hat er sie schweren Herzens abgewiesen. Und Sie, die Sie ihm doch nur Ihre wahre Liebe geben wollten, Sie sind daraufhin unglaublich enttäuscht und wütend gewesen. So wütend, dass Sie nach etwas gegriffen haben und damit zuschlugen. Vielleicht wollten Sie Dieter Wattjes ja gar nicht töten, aber dann lag er plötzlich da auf seinem Bett in dem ganzen Blut. Und vor lauter Panik sind Sie aus dem Zimmer gerannt. Dabei ist Ihnen womöglich Wilfried Sievers über den Weg gelaufen. Er hat sich vielleicht gewundert, Sie dort zu treffen. Aber geschaltet hat er wohl erst, als er seinen Vereinskameraden tot vorgefunden hat.«

»Sie sind ja völlig verrückt geworden.« Verena Ferdinand war aufgesprungen. »Das ist doch eine absurde Geschichte, die Sie mir hier unterschieben wollen.«

»Sie können sich ja einen Anwalt nehmen«, meinte Jürgen.

»Sehr witzig«, erwiderte sie giftig.

»Wann haben Sie beschlossen, auch Wilfried Sievers umzubringen?«, fragte Eva dazwischen. »Hat er Sie vielleicht erpresst?«

»Womit sollte der mich denn erpressen?«, fragte die Anwältin verächtlich und setzte sich wieder. »Dieser alte Trottel war doch viel zu dämlich für so etwas.«

»Na, da bin ich mir nicht so sicher. Es könnte doch sein, dass er Sie zwingen wollte, wieder etwas mit ihm anzufangen. Dafür würde er dann den Mund halten. Und da Sie das nicht wollten, haben Sie ihn in einen Hinterhalt in der Scheune in Dunum gelockt und kaltblütig erstochen.«

»Da haben Sie sich ja schön etwas zusammengereimt, Frau Kommissarin. Aber haben Sie auch nur den geringsten Beweis für Ihre Unterstellungen?« Verena Ferdinand schien wieder völlig gefasst.

Irgendwie habe ich wohl den Moment verpasst, in dem sie alles ausgeplaudert hätte, dachte Eva. Jetzt war sie wieder völlig zugeknöpft und hatte sich unter Kontrolle. Und sie hatte recht. Es gab nicht den geringsten Beweis. Ihnen fehlte in beiden Fällen die Tatwaffen. Dass sie in dem Hotelzimmer gewesen war, das hatte sie ja zugegeben. Doch was nützte das so?

»Darf ich mich vielleicht in Ihrer Wohnung umsehen, Frau Ferdinand?«, fragte Eva.

Die Angesprochene antwortete mit einem Lächeln und nickte. »Tun Sie sich keinen Zwang an, ich habe nichts zu verbergen.«

Dass ich nicht lache, dachte Eva.

Sie fuhren hinter Verena Ferdinand her, die sie bereitwillig in ihre Wohnung führte. Alles war hell und modern eingerichtet. Genauso, wie man es in diesen vielen Anwaltsserien immer sah. Sie setzte sich entspannt ins Wohnzimmer und sah der Ermittlerin dabei zu, wie diese ein Zimmer nach dem anderen inspizierte. Eva hatte Jürgen unter fadenscheinigen Gründen gebeten, noch einmal nach Leer zur dortigen Dienststelle zu fahren. Sie wollte auf keinen Fall, dass ihr Hobbyermittler bei dieser cleveren Frau herumschnüffelte. Wenn die nämlich herausbekam, wer Jürgen wirklich war, dann war es aus für sie und die schönen Tage auf Langeoog.

Es gab nicht viel, was Eva in dieser Wohnung auffiel. Offensichtlich hatte Verena Ferdinand ein Faible für Swarovski Kristallfiguren, die in einer Glasvitrine glitzerten. Dann ein Bücherregal mit Fachliteratur und dem einen oder anderen Liebesroman. In ihrem Schlafzimmer, das mit weißen Möbeln in Echtholz ausgestattet war, fand sie in der Nachttischschublade einen Vibrator. Diese Frau konnte offensichtlich nicht genug bekommen. In einer anderen Lade lagen fein säuberlich sortiert Höschen und Büstenhalter aus Seide und anderen frivolen Materialien. Was hatte sie erwartet? Dass hier ein Brecheisen und ein Schlachtermesser nur auf sie warteten, damit sie diese Frau überführen konnte. Und dann fand sie unter Satinbettwäsche noch einen Stoffbeutel. Als sie ihn anhob, war er schwerer, als sie gedacht hatte, weil sie Socken oder Ähnliches darin vermutet hatte. Aber als sie die Kordel aufzog, sag sie Münzen. Pfennige noch aus D-Mark-Zeiten. Zweier und einer. Komisch, das passte so ganz und gar nicht zu dieser schicken Frau. War das etwa Geld für Brautschuhe gewesen? So etwas wurde früher ja gemacht. Aber dafür war Verena Ferdinand eigentlich viel zu jung. Das ergab keinen Sinn.

»Sie haben eine wirklich schöne Wohnung«, sagte Eva, als sie wieder zu ihrer Verdächtigen ins Wohnzimmer kam.«

»Danke, ich weiß ihr Lob durchaus zu schätzen«, sagte Verena Ferdinand obenhin. »Haben Sie denn etwas gefunden? Hat sich das Ganze für Sie gelohnt?«

Eva dachte an den Vibrator.

»Sie haben Münzen gesammelt?«, fragte Eva.

»Münzen? Was meinen Sie?«

»Ich habe Pfennige in Ihrer Wäsche gefunden«, sagte Eva und war gespannt, denn es hatte um die Augenwinkel von Verena Ferdinand gezuckt.

»Ach das?«, sagte Verena Ferdinand schnell. »Das stammt noch von meiner Mutter. Sie hat Geld für Brautschuhe für mich gesammelt, als ich noch ein kleines Mädchen war.«

»Aber gebraucht haben Sie es bisher wohl nicht«, stellte Eva fest. Irgendwie hatte ihr Gegenüber einen traurigen Gesichtsausdruck.

»Nein«, lachte Verena Ferdinand. »Und mittlerweile müsste ich dafür ja auch Euros ausgeben.«

»Wenn Sie denn den Richtigen treffen«, meinte Eva.

Die Anwältin nickte und sah aus dem Fenster, als sehe sie dort etwas, was Eva verborgen blieb.

»Mit Dieter Wattjes hätte es etwas werden können, habe ich recht?«, fragte sie in die entstandene Stille hinein.

»Ich habe ihn geliebt«, sagte Verena Ferdinand mit belegter Stimme. »Ich habe ihn wirklich geliebt.« Dann liefen erste Tränen über ihr Gesicht und ließen die feine Haut in der hereinfallenden Sonne glänzen.

»Sagen Sie mir jetzt, was sich wirklich zugetragen hat in der fraglichen Nacht, als Dieter Wattjes starb.«

Verena Ferdinand stand auf und lief zu einer kleinen Vitrine, aus der sie eine edel aussehende Flasche mit bernsteinfarbenem Inhalt nahm.

»Auch einen?«, fragte sie und Eva nickte. Sie hatte ja schließlich einen Fahrer dabei.

Die Anwältin kam mit zwei Schwenkern zurück und stellte einen vor Eva, bevor sie sich wieder setzte.

»Es war so, wie ich gesagt habe, ich bin nach Langeoog gefahren, weil ich noch einmal mit Dieter allein sein wollte.«

»Woher wussten Sie denn, dass er alleine fahren würde?«

»Ich habe dafür gesorgt.«

»Wie?«

»Seine Frau, der Unfall. Ich habe Sie angefahren.«

Eva fuhr vor Schreck zusammen. Das hätte sie jetzt nicht gedacht.

»Das hört sich für Sie sicher brutal an, aber ich sah irgendwie keine andere Möglichkeit mehr. Dieter hatte es abgelehnt, sich noch einmal in Leer oder Moormerland oder sonst wo in Ostfriesland zu treffen, weil er davon ausging, dass seine Frau etwas ahnte. Vielleicht wusste er sogar, dass sie ihm nachspionierte. Auf jeden Fall wollte er das nicht mehr. Und als der Ausflug anstand, habe ich gedacht, dass ich dem Schicksal vielleicht etwas nachhelfen könnte.«

»Sie hätten Frau Wattjes umbringen können«, sagte Eva entrüstet. »War das die Sache wirklich wert?«

»Haben Sie noch nie geliebt, Frau Kommissarin? Und sie hat es ja überlebt.«

»Wohl wahr. Dafür aber ihr Mann nicht. Erzählen Sie weiter.«

»Dieter hat eingewilligt, mich auf Langeoog zu treffen, als ich ihm eine SMS geschickt hatte. Aber es durfte auf keinen Fall herauskommen, das war seine Bedingung. Also verabredeten wir, dass ich ihn in der Nacht nach dem Gala-Dinner, wo die meisten sich sowieso betrinken würden, auf seinem Zimmer aufsuchen würde.«

»Was ist dort passiert?«

»Wir haben uns geliebt. Es war so schön. Und auch für Dieter war es einmalig, das habe ich genau gespürt. Eine Frau spürt so etwas doch, oder?«

Da war Eva wirklich überfragt. Sie musste einiges nachholen.

»Und? Konnten Sie Dieter Wattjes überreden, sich wieder mit Ihnen einzulassen?«

Eva ahnte die Antwort schon.

»Nein. Nachdem er seinen Spaß gehabt hatte, erklärte er mir, dass das eine einmalige Sache bleiben würde. Wenn wir wieder zu Hause wären, wollte er mich nicht mehr sehen. Er war so gemein. Ich habe geweint, ihn angefleht. Ich habe ihm gesagt, dass ich ohne ihn nicht leben kann ... doch er, er hat mich einfach vor die Tür gesetzt, als es ihm zu viel wurde.«

Die Tränen auf Verena Ferdinands Gesicht waren getrocknet. Der Glanz war verschwunden. Auch aus ihren Augen.

»Haben Sie Dieter Wattjes umgebracht, Frau Ferdinand?« Eva sah die Beschuldigte eindringlich an. Ja, fast hatte sie Mitleid mit ihr.

Verena Ferdinand sagte nichts, sie nickte nur.

»Wie?« Eva schluckte.

»Ich hatte mich wieder angezogen und ging zur Tür. Für Dieter war die Sache damit wohl erledigt. Doch in mir brodelte es. Ich war verletzt und fühlte mich benutzt und schmutzig. Als er wieder zum Bett ging, weil er dachte, es wäre endlich Ruhe, da bin ich wieder zurückgegangen und habe ihm ... ich ...« Sie schüttelte sich.

»Was haben Sie?«

»Ich habe ihm den Geldbeutel über den Kopf ...« Sie stöhnte auf. »Es war so ein furchtbares Geräusch. Es knackte. Dieter fiel sofort nach vorne. Er hat sich nicht mehr bewegt. Aber das wollte ich doch gar nicht. Er sollte nur etwas spüren von meinen Verletzungen, verstehen Sie?«

»Sie meinen die Pfennige? Sie haben Dieter Wattjes mit ihrem Brautschuhgeld umgebracht?«

Verena Ferdinand nickte wieder. »Ja. Ich hatte es mitgenommen, weil ich Dieter damit zeigen wollte, wie ernst es mir mit ihm ist. Ich wollte ihn überraschen.«

»Das ist Ihnen ja auch wohl gelungen«, sagte Eva matt. Was für ein erschreckendes Ende einer großen Liebe, dachte sie. Vielleicht sollte sie ihre geplanten Aktivitäten mit Jürgen doch noch einmal in aller Ruhe überdenken.

»Ich muss Sie festnehmen, Frau Ferdinand«, sagte sie.

»Schon gut ...« Die Anwältin rieb sich übers Gesicht.

»Und was ist mit Wilfried Sievers?«

Verena Ferdinand schüttelte heftig den Kopf.

»Nein, den habe ich nicht auf dem Gewissen. Das müssen Sie mir glauben. Ich habe ihn auf Langeoog auch gar nicht gesehen. Der kann nichts davon gewusst haben, dass ich bei Dieter auf dem Zimmer war.«

Eva fragte sich, warum sie jetzt noch lügen sollte. Einen Mord hatte sie bereits gestanden. Da wäre es auf einen weiteren auch nicht mehr angekommen. Also sagte sie wohl die Wahrheit. Aber wer hatte dann zugestochen in Dunum? In ihr keimte ein Verdacht, der nur vage und doch greifbar war.

Sie rief die Kollegen in der Dienststelle in Leer an, damit man einen Wagen schickte, um Verena Ferdinand nach Aurich zu bringen.

Zurück auf Langeoog

Jürgen hatte darauf bestanden, dass sie noch am gleichen Tag zurück zur Insel fuhren. Er war ein wenig maulig, weil er nicht mit in die Wohnung von Verena Ferdinand gedurft hatte. Doch er verstand Evas Beweggründe schon. Zur Entschädigung lud sie ihn am Abend zu ihrem Lieblingsitaliener ein. Doppelt Käse half in solch schwierigen Situationen immer.

»Das war doch ein erfolgreicher Tag«, meinte Jürgen und schmatzte.

»Ja durchaus«, stimmte Eva zu und trank von ihrem Chianti.

»Aber so richtig zufrieden siehst du nicht aus.«

»Ich hab noch eine überzählige Leiche, vergiss das nicht. Mir fehlt dazu ein passender Mörder.«

»Oder Mörderin«, schob Jürgen nach.

»Aber ich glaube Verena Ferdinand, dass sie Sievers nicht umgebracht hat.«

»Das ist ja auch okay. Du hast ja noch eine Kandidatin.«

»Du meinst doch wohl nicht Sabine Wattjes. Warum um alles in der Welt hätte sie den Sievers umbringen sollen?«

»Keine Ahnung. Aber schließlich hat sie dich doch auf die Spur von Verena gehetzt. Und zwar mit Ansage. Sie hat doch darauf gedrungen, noch einmal auszusagen, schon vergessen?«

»Nein, natürlich nicht«, sagte Eva brummig. Dass aber auch immer Jürgen die Fäden zusammenführte.

»Siehst du«, sagte Jürgen triumphierend, »wenn du mich nicht hättest.« Sie musste schon wieder an den Vibrator denken. Hoffentlich bekam sie ihn bald wieder aus ihrem Kopf.

»Du hast ja recht, ich hab auch schon daran gedacht«, log sie schamlos. »Doch welches Motiv sollte Sabine Wattjes gehabt haben, Wilfried Sievers umzubringen?«

Jürgen schnippelte seine Pizza weiter auseinander und schob sich Stück für Stück genüsslich in den Mund.

»Das ist eine sehr spannende Frage«, sagte er und kippte den ersten Massala herunter. »In dem Fall könnte es doch auch um Dieter gegangen sein.«

»Wie meinst du das?«

»Nun, wenn diese Ferdinand auch was mit dem Sievers gehabt hat, wenn auch nur kurz, so kann doch Sabine Wattjes ... ach, ich weiß auch nicht. Irgendwie rede ich jetzt wohl gerade Blödsinn.«

Wie so oft, dachte Eva.

»Ja, scheint mir auch der falsche Ansatz zu sein«, sagte sie laut. »Aber wie wäre es denn, wenn es in dem Fall wirklich um Briefmarken und nicht um Sex ging?«

»Wie langweilig«, sagte Jürgen lachend.

»Nun denk doch mal nach ... oder versuche es wenigstens. Es sind doch immer noch die wertvollen Marken von Dieter Wattjes verschwunden.«

»Du meinst, der Sievers ...?«

»Vielleicht. Denn es könnte doch sein, dass Sievers davon wusste, dass Dieter Wattjes welche mit nach Langeoog nehmen wollte. Uns hat er aber erzählt, dass er praktisch von nichts wusste.«

»Und dann hat dich jemand angerufen und gesagt, er hat gelogen.«

Auch Eva fiel jetzt der Anruf wieder ein.

»Stimmt, jemand hat gesagt, er hat gelogen. Damit könnte doch Sievers gemeint gewesen sein.«

»Tja, wenn wir jetzt noch wüssten, wer da angerufen hat.«

»Und wenn es Sabine Wattjes war ...?«

»Aber die Stimme klang doch eher ... also, das glaube ich nicht. Es klang nicht wie jemand von hier.«

»Das kann man doch alles verstellen. Vielleicht wollte sie uns von Anfang an verwirren in der ganzen Sache.«

»Aber warum? Sie hat doch ihren Mann gar nicht umgebracht.«

»Nein, das nicht. Aber sie hat vielleicht die Gelegenheit geschickt genutzt, und die Marken an sich gebracht.«

»Aber das macht doch keinen Sinn, wenn der Sievers sich die Dinger unter den Nagel gerissen hat.«

»Oh, vielleicht doch. Denn wenn Sabine Wattjes gar nicht so ahnungslos war, was die Sammlung ihres Mannes betraf, dann war es für sie doch ein leichtes, Kontakt zu dem Vorsitzenden aufzunehmen und von dem Verlust zu erzählen.«

»Hm ... und dieser fühlte sich ertappt, weil er die Marken an sich genommen hatte, als er Dieter Wattjes tot aufgefunden hat, so dass er ihr alles gestanden hat.«

»Bingo. Und sie hat ihn erpresst. Vielleicht wollte sie sogar mit ihm teilen. Oder auch nicht. Aber sie hat ihn nach Dunum gelockt, da bin ich mir jetzt ziemlich sicher.«

»Das wäre ja ein Ding, wenn die Wattjes den Sievers ... also wirklich.« Jürgen sah auf sein Messer und stellte sich vor, wie sie ihm ein ähnliches in den Leib gerammt hatte. Frauen konnten so brutal sein.

»Jetzt müssen wir es ihr nur noch nachweisen«, sagte Eva verschwörerisch. »Ich glaube, wir müssen nochmal nach Moormerland.«

»Ich hab's befürchtet«, seufzte Jürgen. »Wann wollen wir los?«

»Gleich morgen mit der ersten Fähre«, sagte sie verschmitzt.

Mörderin

Sie wusch sich ausgiebig das Gesicht und spülte mit kaltem Wasser nach. So langsam ging die Schwellung der Augen zurück. Endlich. Sie sah so hässlich mit den rotgeweinten Augen aus, fand sie. Aber wenigstens hatten sie ihr abgenommen, dass sie am Boden zerstört war. Und jetzt musste sie Ordnung in ihr Leben bringen. Nicht mehr das Einerlei des Alltags spüren. Nicht mehr überaus neugierige Nachbarinnen ertragen, denen sie am liebsten den Hals umgedreht hätte. Niemals hätte sie sich träumen lassen, dass sie zu so aggressiven Gefühlen fähig war. Doch ihr Mann hatte sie eines besseren belehrt. Warum musste er auch was mit anderen Frauen anfangen? Nur, weil sie keine Kinder bekommen konnte? Es war doch nicht ihre Schuld, wenn es mit ihnen beiden nicht funktionierte. Hätte man nicht glücklich sein können, ohne? Sie hatte es versucht. Aber er hatte sich immer mehr in dieses blöde Hobby verstrickt. Ausgerechnet Briefmarken. Wenn er wenigstens Motorbootfahrer geworden wäre. Dann hätte man zusammen rausfahren können und nette Leute kennen lernen. Ab und zu mal eine kleine ostfriesische Insel ansteuern. Viele machten das. Doch ihn hatte es nicht interessiert, als sie ihm einmal einen Werbeprospekt unverfänglich auf den Tisch gelegt hatte. Wasser sei nichts für ihn, hatte er gemeint und das Ding in den Müll geworfen. Stattdessen hatte er sie mit zu diesen unsäglichen Menschen gezerrt, die den ganzen Tag mit dicken Lupen über irgendwelchen Papierschnipselchen fachsimpelten. Und unterhalten konnte sie sich mit den Frauen auch nicht. Die meisten dumm wie Bohnenstroh. Immer nur den Mann, sein Essen und den Klatsch der Nachbarn zum Thema. Was sollte sie mit denen anfangen? Sie wäre fast verzweifelt daran.

Sie versuchte, eine Arbeit zu finden, um auf andere Gedanken zu kommen. Doch mit Mitte dreißig war sie einigen zu jung, da sie noch Kinder kriegen konnte und den anderen schon wieder zu alt, weil ihr wichtige PC-Kenntnisse fehlten. Ihr Selbstwertgefühl war immer weiter in den Keller gesackt.

Und dann hatte Dieter auch noch angefangen Frauen, zu sammeln. Gerade, als es ihr so schlecht ging, hatte sie die ersten Quittungen gefunden. Hatte es sie wirklich überrascht? Gingen nicht alle Männer fremd? Vielleicht. Aber sie wollte das einfach nicht zulassen. Wollte sich nicht mit den ständigen Gedanken plagen müssen, wen er gerade im Arm hielt und liebkoste.

Sie konnte heute gar nicht mehr sagen, wann es zu dem teuflischen Plan gekommen war. Aber irgendwann war sie mit dem Vorsitzenden ins Gespräch gekommen. Er hatte sie erst einmal darüber aufgeklärt, was ihr Mann, der Dieter, doch für ein interessantes und noch dazu lukratives Hobby betrieb. Seine Sammlung sei schon einiges wert mittlerweile. Und das war Sabine nicht mehr aus dem Kopf gegangen. Sie hatte sich schlaugemacht. Hatte im Internet recherchiert, sich Sammlerbücher bestellt und alles genauestens aufgelistet. Und am Ende wusste sie, dass in ihrem Haus ein kleines Vermögen lag, von dem sie bisher nichts geahnt hatte. Und jetzt gehörte es ihr ganz allein. Sie musste jetzt nur noch alles geschickt zu Ende bringen.

Sie wollte gerade anfangen, ihren zweiten Koffer zu packen, als es an der Tür klingelte. Wer konnte das sein um diese Zeit? Sie erwartete niemanden. Und es passte ihr auch nicht. Unschlüssig ging sie zur Tür und machte kurz vorher Halt. Sie musste doch nicht öffnen.

Es wurde wieder geklingelt. Offensichtlich war es ein hartnäckiger Mensch. Bevor wieder ihre neugierige Nachbarin die Sache in die Hand nahm, öffnete Sabine dann doch.

»Guten Morgen Frau Wattjes. Ich hoffe, wir kommen nicht ungelegen?« Eva registrierte, dass die Frau vor ihr keineswegs gerade aus dem Bett kam oder unter der

Dusche war. Also warum hatte es so lange gedauert, bis sie aufgemacht hatte?

»Sie? Ist denn noch was? Ich habe eigentlich keine Zeit.« Fahrig strich sich Sabine durchs Haar.

»Es dauert nicht lange. Nur noch ein paar Routinefragen.« Eva setzte bereits in den ersten Fuß ins Haus. »Wollen Sie verreisen?«

»Was? Ich ... nein.«

»Ich dachte nur, weil ich da eine Reisetasche sehe. Polizisten entgeht nichts, leider.«

»Ach das. Also ja, es stimmt schon. Ich wollte mir eine Luftveränderung gönnen.«

»Aber wir hatten sie gebeten, nicht wegzufahren.«

»Ich dachte nach dem letzten Gespräch, dass alles so weit klar wäre. Sie haben die Anwältin doch verhaftet, oder? Jedenfalls hat mir das meine Nachbarin erzählt.«

»Ja, die lieben Nachbarn. Es stimmt, wir haben Verena Ferdinand festgenommen. Und sie hat sogar gestanden, Ihren Mann getötet zu haben.«

Über Sabines Gesicht flackerte ein kurzes Lächeln.

»Ich habe es Ihnen ja gesagt ... also, was kann ich denn jetzt noch für Sie tun?« Sie lief entspannter voraus ins Esszimmer. »Soll ich vielleicht einen Kaffee machen?«

»Wir dachten, Sie hätten es eilig. Aber ja, gerne.« Eva ließ sie nicht aus den Augen. Wähnte sie sich jetzt in

Sicherheit? Auf jeden Fall waren ihre Bewegungen sicherer.

Jürgen warf, bevor er in die Küche folgte, noch einen Blick in das Arbeitszimmer von Dieter Wattjes. Ein Gefühl sagte ihm, dass da etwas nicht stimmte. Vorsichtig öffnete er die Tür.

»Was machen Sie da?«, hörte er plötzlich Sabine Wattjes hinter sich.

»Ein Routinecheck«, erwiderte Jürgen. »Haben Sie ein Problem damit?«

»Sie haben doch schon alles durchgeschnüffelt. Aber tun Sie sich keinen Zwang an.« Sie drehte auf dem Absatz um und lief wieder zu Eva in die Küche.

»Mein Kollege kann's nicht lassen«, sagte Eva entschuldigend. »Manchmal sucht er einfach nach der berühmten Nadel im Heuhaufen.«

Sabine schenkte Kaffee ein und setzte sich zu Eva.

»Ich bin so froh, dass endlich alles vorbei ist.«

»Ja, das glaube ich Ihnen. Es ist bestimmt eine große Erleichterung zu wissen, dass die Mörderin Ihres Mannes jetzt festgenommen wurde.«

Sabine nickte.

»Was werden Sie jetzt tun?«

Sabine zuckte mit den Schultern.

»Ich weiß es noch nicht genau. Vielleicht einfach erst mal raus und dann den Kopf freikriegen. Wissen Sie, so eine lange Ehe, auch wenn es zugegebenermaßen Schwierigkeiten gab, die schüttelt man nicht so einfach ab. Ich habe meinen Mann geliebt.« Sie legte einen schmerzlichen Unterton in ihre Stimme, den Eva ihr nicht abkaufte.

»Interessiert es Sie denn gar nicht, ob Verena Ferdinand auch den Mord an Wilfried Sievers gestanden hat?«

»Doch sicher ... aber davon bin ich ausgegangen.«

»Sehen Sie, und das ist der Unterschied zwischen Ihnen und uns Ermittlern. Wir wollen es immer genau wissen. Wir verlassen uns nicht auf unser Gefühl. Und deswegen sind wir heute noch einmal hergekommen.«

»Ich verstehe nicht ...«

Jürgen kam in die Küche und nickte Eva zu.

»Hast du noch etwas gefunden?«

»Ja«, sagte Jürgen. »Aber es war gar nicht leicht.«

Sabine sah verstört von einem zum andern.

»Was haben Sie gefunden? Was hat das Ganze hier zu bedeuten?« Unsicher schob sie ihren Kaffeebecher auf der Tischplatte hin und her.

»Ich habe einen Laptop gefunden, der Ihnen gehört«, sagte Jürgen in sachlichem Ton.

»Einen Laptop?«, wiederholte Eva interessiert. »Wo denn?«

»Zwischen der Unterwäsche von Frau Wattjes?«

»Sie waren in meinem Schlafzimmer«, schrie Sabine auf. »Was hatten Sie da zu suchen? Das habe ich Ihnen nicht gestattet. Ich will sofort den Durchsuchungsbefehl sehen, sonst ...«

»Sonst was, Frau Wattjes?« Eva starrte ihr ins Gesicht. Sie sah darin nur Verachtung. »Was war auf dem Laptop?«, fragte sie an Jürgen gewandt.

»Genau das, was wir vermutet haben«, sagte Jürgen. »Jede Menge Informationen zu Briefmarken. Und das, obwohl Frau Wattjes sich doch eigentlich gar nicht dafür interessiert.«

»Angeblich ...«

»Genau. Und dann waren da noch die Listen abgespeichert, die wir in Dieter Wattjes Arbeitszimmer gefunden haben.«

»Interessant«, sagte Eva. »Aber ich wette, dass wir nicht einen Fingerabdruck von ihm darauf finden werden. Richtig Frau Wattjes?«

»Ich weiß nicht, was Sie mir da unterstellen wollen. Ich will sofort meinen Anwalt sprechen.«

»Oh, den werden Sie wohl auch brauchen«, fuhr Eva fort. »Denn Sie haben sich damit beschäftigt, was die Briefmarkensammlung Ihres Mannes wert war. Ihn hat das gar nicht so sehr interessiert, er liebte nur sein Hobby.«

»Sie sind ja völlig verrückt geworden«, rief Sabine aus. »Das wird ein Nachspiel haben.«

»Da bin ich sicher«, sagte Eva ruhig. »Und Jürgen, hast du auch schon die fehlenden Alben gefunden?«

»Ich bin noch dran. Jetzt knöpfe ich mir mal die Koffer von Frau Wattjes vor.«

»Ja, mach das. Und nun wieder zu Ihnen«, sagte sie zu Sabine. »Wollen Sie nicht endlich erzählen, was Sie mit Wilfried Sievers verband? Haben Sie ihn angestiftet, die Alben, die Ihr Mann mit auf die Insel genommen hatte, zu stehlen?«

Sabines Augen flackerten. Fast hatte Eva den Eindruck, sie würde gleich ohnmächtig. Doch sie hielt sich am Tisch fest und atmete tief durch.

»Was hätten Sie denn an meiner Stelle getan?«, fragte sie plötzlich mit leiser Stimme.

»Eine unglückliche Ehe entschuldigt nicht alles, Frau Wattjes«, sagte Eva. »Wann haben Sie den schrecklichen Plan gefasst, es Ihrem Mann heimzuzahlen?«

»Es war doch alles mehr der pure Zufall«, begann Sabine zu erzählen. »Alles fing damit an, dass ich meinem Mann nicht mehr vertraut habe. Überall sah ich Gespenster. Jede Frau, die er länger als drei Sekunden ansah, war eine Gefahr für uns ... für mich. Es war ein Teufelskreis, aus dem ich irgendwann nicht mehr herauskam. Ich habe alles durchsucht. Können Sie sich vorstellen, was das für ein Gefühl ist, wenn man jeden Tag die Sachen seines Mannes auf den Kopf stellt?«

Sie goss sich noch einmal Kaffee nach. Eva lehnte ab.

»Und irgendwann habe ich sogar in den Briefmarkenalben gesucht. Was ich da zu finden hoffte, weiß ich nicht. Doch ich habe mich damit beschäftigt, habe mir Bücher dazu besorgt. Ich war wie besessen. Und dann entdeckte ich, wie viel Geld dahinter steckte. Das war mir nie so bewusst gewesen. Und ich weiß ehrlich gesagt auch nicht, wie Dieter das überhaupt finanziert hat. Offensichtlich hat er mich in jeder Beziehung hinters Licht geführt, wissen Sie ...« Sie machte ein trauriges Gesicht, in dem Eva das erste Mal den ganzen Schmerz einer verzweifelten Frau aufblitzen sah. Sie musste einiges durchgemacht haben.

»Wie lange ging das schon, dass Sie akribisch alles erfasst haben?«, fragte Eva.

»Vielleicht ein Jahr«, erwiderte Sabine.

»Und als er Sie dann immer weiter betrog, haben Sie beschlossen, es ihm heimzuzahlen?«

»Ich weiß nicht. So konkret war das gar nicht. Als jetzt die Reise nach Langeoog anstand, da kam mir ja der Unfall ganz gelegen. Ich beschloss, meine Verletzungen als Ausrede zu nehmen, dass ich nicht mitfahren könne. Und dann entschied ich mich, ihn heimlich zu verfolgen. Ich wollte einfach sehen, was er da treibt.«

»Und wie kam Wilfried Sievers ins Spiel?«

»Ach, das ist eine blöde Geschichte. Als ich das Hotel von außen beobachtet habe, ist er mir durch ein dummes Missgeschick in die Arme gelaufen. Ich hatte mich hinter einer Hecke versteckt und er musste mal, wenn Sie verstehen.«

Eva nickte zur Bestätigung.

»Er war reichlich angetrunken und lachte dämlich vor sich hin, als er mich erkannte. In seinem Suff hätte er noch die größten Dummheiten angestellt, aber ich wollte ja unentdeckt bleiben. Also habe ich ihn überredet, den Mund zu halten.«

»Wie?«

»Ach, das wollen Sie gar nicht wissen. Auf jeden Fall war es unangenehm. Aber ich war erfolgreich. Als er wieder nüchterner war, habe ich ihm einfach alles erzählt.

Und er berichtete mir von den wertvollen Marken, die Dieter mit nach Langeoog genommen hatte. Er wollte sie bei der Tauschbörse voller Stolz präsentieren, erzählte mir Wilfried. Und außerdem plante Wilfried, Dieter als neuen Vorsitzenden vorzuschlagen. Es sollte ein ganz toller Tag für Dieter werden.«

Tja, das ging wohl mächtig in die Hose, dachte Eva.

»Wie ging es weiter?«, fragte sie.

»Ich erzählte Wilfried, dass mein Mann mich betrügt. Und dass ich es nicht mehr aushalten könnte. Er hatte viel Verständnis für mich. Ich hatte ihm schon immer gefallen, das wusste ich. Also überredete ich ihn, mir zu helfen. Er sollte die Marken aus Dieters Hotelzimmer stehlen und wir würden uns dann die Beute teilen.«

»Und Herr Sievers hat sich darauf eingelassen?«

Sabine nickte. »Ich brauchte ihn nicht lange zu überreden, wenn Sie verstehen. Er schlich sich ins Hotel, als es schon sehr spät und alles still war. Er wollte nur die Marken holen und dann hat er Dieter entdeckt, wie er da tot auf dem Bett lag.«

»Und er hat nicht sofort die Polizei gerufen«, stellte Eva fest, »sondern er hat seinen toten Freund bestohlen und ihn einfach da liegen lassen.«

Sabine nickte. »Ja, das hat er getan. Wir waren beide geschockt, dass man Dieter umgebracht hatte, das können

Sie mir glauben. Aber was hätte es denn noch geändert, wenn wir die Polizei gerufen hätten? Und die Marken gehören ja schließlich mir. So oder so.«

»Wer hat die Briefmarken denn an sich genommen? War das Herr Sievers?«

»Ja. Wir haben uns dafür entschieden, weil Dieter ja tot war. Es war klar, dass man zu mir ins Haus kommen würde. Da wäre es wohl besser gewesen, wenn sie nicht da gewesen wären.«

»Sie meinen, weil man dann gleich darauf gekommen wäre, dass Sie vielleicht die Marken aus dem Hotelzimmer gestohlen hätten? Woher hätte die Polizei denn wissen sollen, dass sie überhaupt da gewesen sind?«

»Man weiß ja nie. Vielleicht hatte Dieter sich irgendjemandem aus dem Verein anvertraut. Und dann würde man die Marken ja suchen, das war unsere Überlegung.«

»Verstehe«, sagte Eva. In dieser Frau steckte doch eine Menge kriminelles Potenzial. »Und Sie haben mich auch mit verstellter Stimme auf der Polizeidienststelle angerufen, richtig?«

Sabine nickte. »Es sollte nur ein Ablenkungsmanöver sein. Wir dachten, damit wären Sie eine Weile beschäftigt.«

In der Tat, dachte Eva. Ganz schön gerissen.

»Wann haben Sie denn entschlossen, dass Sie die ganze Beute lieber für sich alleine haben würden?«

»Ach ... irgendwie war mir die Sache mit Wilfried nicht ganz geheuer. Und außerdem, warum sollte ich ihm denn etwas von meinem Eigentum geben?«

»Sie hatten einen Deal mit ihm.«

»Ja. Aber als ich zuhause war, sah die Sache schon wieder ganz anders aus. Wir hatten uns in der Scheune in Dunum verabredet, einem Kaff, wo eigentlich keiner hinkommt und wo uns niemand kennt.«

»Sie haben ein Messer mitgenommen? Hatten Sie da bereits vor, ihn zu töten?«

Sabine schüttelte heftig mit dem Kopf. »Nein, auf gar keinen Fall. Ich wollte ihm nur Angst machen. Er sollte sehen, wozu ich fähig sein könnte. Aber dann ist das Ganze eskaliert. Er hat mich als Schlampe bezeichnet. Ich sollte mein Wort halten. Er war nicht bereit, mir die ganze Sammlung auszuhändigen, also musste ich doch etwas unternehmen ...«

»Sie haben zugestochen, und zwar mehr als einmal.«

»Ja.«

Jürgen kam in die Küche zurück. Eva vermutete, dass er gelauscht hatte.

»Hier sind sie«, sagte er und hielt zwei Sammleralben in der Hand.

Eva informierte wieder die Kollegen in Leer, dass es eine weitere Mörderin gäbe, die nach Aurich abgeführt werden müsste.

Ditzumerhammrich

Eva und Jürgen fuhren zur Dienststelle nach Leer, weil Eva sich noch persönlich bei den Kollegen für die gute Zusammenarbeit bedanken wollte. Sie traf auf Kommissar Guntram, den sie zum ersten Mal persönlich sah. Sie war beeindruckt von ihm, weil sie schon viel über seine Fälle gehört hatte.

»Ich hoffe, ihr habt noch ein paar Gangster für mich übrig gelassen«, scherzte Guntram.

»Na sicher«, lachte Eva. »Das war jetzt wirklich Zufall, dass die beiden Mörderinnen aus deinem Revier kamen.«

»Ein neuer Kollege?«, fragte Guntram und zeigte auf Jürgen.

»Ach ... nein«, wich Eva aus, bevor Jürgen was Falsches sagte. »Das ist Zufall.«

Guntram zog die Augenbrauen hoch, fragte aber nicht weiter nach.

»Wollt ihr noch einen Kaffee trinken?«

»Ach, nein danke«, sagte Eva. »Wir wollten auch gar nicht lange bleiben.«

»Tja, schade, dass meine beiden Kollegen gerade nicht hier sind. Mathias und Katrin hätten dich gerne einmal kennen gelernt.«

»Da wird sich schon nochmal was ergeben«, sagte Eva. »Wir wollen jetzt auch weiter nach Ditzumerhammrich.«

»Was wollt ihr denn da?«, fragte Guntram und auch Jürgen machte ein überraschtes Gesicht.

»Es gibt da noch einen ungeklärten Fall, der auch mit den Briefmarkensammlern zusammenhängt.«

Eva schilderte kurz, was es mit Heinrich Gerlach auf sich hatte. Und dass sie vermuteten, dass er sich etwas angetan haben könnte.

»Mir ist dieser Name nicht bekannt«, sagte Guntram. »Tut mir leid. Aber wenn ich was höre, will ich dir gerne Bescheid geben.«

»Das wäre nett«, sagte Eva. »So, und jetzt müssen wir auch weiter.«

»Was sollte das denn?«, fragte Jürgen, als sie wieder im Wagen saßen.

»Ich wollte mich da nicht länger als nötig aufhalten«, sagte Eva. »Und außerdem ... warum sollten wir denn nicht noch einmal nach Ditzumerhammrich fahren? Vielleicht ist Heinrich Gerlach ja wieder aufgetaucht und wir machen uns unnötig Sorgen.«

»Das glaube ich zwar nicht«, sagte Jürgen. »Aber in Gottes Namen, fahren wir wieder ans Ende der Welt.«

Der Hof sah genauso verlassen aus wie bei ihrem letzten Besuch. Sogar die Tür stand noch offen.

»Ob der Kater schon versorgt wurde?«, fragte Eva.

»Wollen wir reingehen?«

Eva nickte und sie stiegen aus.

Als sie ins Haus kamen, roch es muffig. Die Heizung, wenn es überhaupt eine gab, lief nicht. Und die einzelnen Holzöfen rochen nach abgestandener Asche. Hier war niemand mehr gewesen.

»William!«, rief Eva, in der Hoffnung, das Tier würde antworten. Doch es blieb still.

Sie lief in jedes Zimmer, wo ihr die Einsamkeit entgegensah. Was hatte Heinrich Gerlach hier für ein Einsiedlerdasein geführt? Vermisste ihn überhaupt jemand außer seinem Haustier?

»Wer sind Sie?«, hörte Eva plötzlich eine junge weibliche Stimme sagen. Sie drehte sich um. Hinter ihr stand eine junge Frau, die sie erstaunt ansah.

»Mein Name ist Eva Sturm, ich bin Polizistin. Und wer sind Sie?«

»Ich bin Wiebke Gerlach. Dies ist das Haus meines Großvaters.«

»Oh. Und wissen Sie denn auch, wo Ihr Großvater sich aufhält?«

Die junge Frau schüttelte bedauernd den Kopf. »Nein, das weiß ich leider nicht. Ich wohne weiter weg und besuche ihn hier ab und zu einmal. Er hat kein Telefon, deshalb kann ich ihn nicht vorher anrufen.«

»Verstehe. Und seine Katze? Haben Sie die schon gesehen?«

Wiebke Gerlach zuckte mit den Schultern. »Nein«, sagte sie. »Aber was machen Sie denn eigentlich hier? Ist meinem Großvater etwas zugestoßen?«

»Das wissen wir nicht so genau. Das ist eine längere Geschichte ...«

Eva berichtete Wiebke von den Vorkommnissen auf Langeoog und dass sie die Vermutung hätten, dass ihr Großvater noch einmal hier gewesen sein musste.

»Das ist ja alles komisch«, sagte Wiebke. »Das passt gar nicht zu Opa, dass er seine Katze im Stich lässt.«

»Vielleicht war er einsam«, sagte Eva.

»Sie meinen, er hat sich etwas angetan?«, fragte Wiebke erschrocken und Tränen sammelten sich in ihren Augen.

»Sind Sie denn die Einzige, die ihn hier besucht?«, fragte Eva.

Wiebke nickte. »Ich glaube schon. Opa hat nicht viele Freunde. Die meisten sind wohl schon tot. Und er mag die Menschen auch nicht, das hat er immer wieder gesagt.«

Eva konnte das in gewisser Weise nachvollziehen. Wo war eigentlich Jürgen abgeblieben? Mit ihm war es ja schlimmer als mit kleinen Kindern. Sicher stellte er gerade den ganzen Hof auf den Kopf.

»Aber ihr Großvater mochte Tiere ... und er mochte sie«, sagte Eva tröstend. »Ich bin mir sicher, dass er da, wo er jetzt ist, ein schöneres Leben hat.«

»Aber er kann mich doch nicht einfach so alleine lassen«, schluchzte Wiebke und fing an zu weinen.

Eva nahm die junge Frau in den Arm und versuchte sie zu trösten.

Doch es gab Dinge, die brauchten einfach ihre Zeit.

Als Wiebke sich ein wenig beruhigt hatte, gingen sie gemeinsam durch das Haus und die junge Frau erzählte mit leuchtenden Augen von den vielen Stunden, die sie hier verbracht hatte. Von den vielen Geschichten, die ihr Großvater ihr erzählt hatte von früher, aus einer anderen Zeit, als die Welt noch in Ordnung war. Und irgendwann kam sogar William aus einer Ecke gekrochen und räkelte sich verschlafen.

»Siehst du«, sagte Eva. »Den ersten Ausreißer haben wir ja schon gefunden.«

»Er hat ja nur geschlafen, der alte Faulpelz.« Wiebke lachte schon wieder und nahm das Tier auf den Arm. »Opa hat dich sehr lieb, William. Er kommt sicher bald wieder.«

Doch Heinrich Gerlach würde nicht wieder in Ditzumerhammrich auftauchen, doch das konnten sie ja jetzt noch nicht wissen.

Eva und Wiebke fanden in dem Haus etwas, dass er ausdrücklich für Wiebke dort hingelegt hatte.

»Ein Briefmarkenalbum?«, fragte Wiebke erstaunt. »Was soll ich denn damit?«

»Dein Großvater hat sich bestimmt etwas dabei gedacht«, sagte Eva. »Vielleicht sind sie ein kleines Vermögen wert. Ich an deiner Stelle würde es prüfen lassen.«

Wiebke machte ein trauriges Gesicht. »So, wie Sie das sagen, klingt es, als ob mein Großvater nie wieder kommen würde.« Sie schluckte.

»Das könnte sein, Wiebke. Aber wissen kann das niemand, bis man ihn gefunden hat.«

»Ich werde hier auf dem Hof bleiben«, sagte Wiebke entschlossen. »Es war schon immer mein Traum, eine kleine Landwirtschaft aufzubauen. Vielleicht wollte Opa mir ein Zeichen geben mit dem da.« Sie zeigte auf das Album.

»Und was werden deine Eltern dazu sagen?«, fragte Eva.

»Ach die. Sie haben schon immer gesagt, dass ich genauso spleenig bin wie Opa Heinrich. Sie werden sich nicht wundern.« Wiebke konnte wieder lachen.

»Tja, ich glaube, mein Kollege und ich, wir müssten dann auch mal wieder zurück. Können wir dich hier alleine lassen?«

»Ich bin doch nicht allein«, sagte Wiebke. »William ist doch bei mir. Und ich bin mir sicher, dass Opa mich sieht, egal, wo er jetzt gerade ist.«

Eva sah so lange in den Rückspiegel, bis der Hof von Heinrich Gerlach zu einem ganz kleinen Punkt geworden war.

»Eva, du machst dir zu viele Gedanken«, sagte Jürgen, der merkte, dass sie kurz vorm Weinen war.

»Lass ...«, sagte Eva. Dann schnäuzte sie sich. Sie war froh, dass Jürgen fuhr, sie konnte die Straße durch den dicken Schleier aus Tränen kaum noch erkennen.

Erst, als wieder bei Klara in Esens ankamen, um den Wagen wieder abzugeben, hatte sie sich wieder im Griff.

»Es war so schön, dass ihr beide hier wart«, sagte Klara immer wieder.

»Ja, wir haben das gute Essen auch sehr genossen«, meinte Jürgen.

»Kommen Sie gerne wieder, junger Mann.« Klara zwinkerte ihm zu. »Das nächste Mal mache ich frischen Grünkohl für euch mit Kohlwurst und Mettenden.«

»Ich kann es kaum erwarten.« Jürgen lief das Wasser im Mund zusammen.

»Du verwöhnst ihn viel zu sehr«, sagte Eva lachend. »Auf der Insel isst er überwiegend Pizza mit doppelt Käse.«

»Aber das ist doch nicht gesund«, meinte Klara. »Kocht denn heutzutage niemand mehr selber?« Versonnen sah sie den beiden nach, als sie in ein Taxi stiegen, um zum Fähranleger zu fahren.

Auf der Fähre kramte Eva ihr Handy heraus und rief ihren Kollegen Okko Schuster in Wittmund an.

»Der Mord um Wilfried Sievers ist aufgeklärt«, sagte sie gegen den Wind.

»Echt jetzt?«, rief Okko Schuster in den Hörer. »Klasse.«

»Ja. Die Mörderin sitzt in Aurich. Und auch mein Fall auf Langeoog ist gelöst. Jetzt fahren wir wieder zurück auf die Insel.«

»Wieso sagst du eigentlich immer wir? Wer ist dieser Mann, mit dem du da unterwegs bist?«, fragte Okko Schuster, der von anderen Kollegen schon öfter darauf angesprochen worden war, dass man Eva nur noch in Begleitung sah.

»Ach, das ist Zufall. Ein guter Freund, der einen Wagen hat. Damit bin ich auf dem Festland mobiler.«

»Aha«, machte Okko Schuster. »Aber du könntest einen Dienstwagen von uns haben, das weißt du schon.«

»Ja ja ... aber das geht schon so.« Wenn du wüsstest, dachte sie und lachte in sich hinein. Aber es war wirklich besser, wenn sie die weitere Zusammenarbeit etwas dezenter gestalteten. Nicht auszudenken, was für einen Ärger sie bekäme, wenn herauskäme, dass Jürgen jetzt regelmäßig Befragungen und Durchsuchungen durchführte. Irgendwie war das Ganze aus dem Ruder gelaufen.

Sie beendete das Gespräch mit Okko Schuster.

»Na, was sagt dein Kollege. Waren wir gut oder waren wir gut?« Jürgen hatte mit halbem Ohr zugehört.

»Ach, hör bloß auf. Es spricht sich wohl schon langsam rum, dass ich einen Schatten habe. Wir sollten vorsichtiger sein.«

Jürgen registrierte sehr wohl, dass sie an einer weiteren Zusammenarbeit mit ihm interessiert war. Und das stimmte ihn froh. Ihm machte die Sache ja auch Spaß. Gar nicht auszudenken, wenn er wieder in sein wenig spannendes Leben ausschließlich in der Touristinfo zurückkehren sollte. Nein, war schon genau der richtige Moment gewesen, dass Eva auf die Insel gekommen war.

»Heute Abend Pizza?«, fragte er lachend.

»Immer wieder gerne«, sagte Eva.

Inselluft

Es waren einige Wochen vergangen und Eva hatte sich wieder in ihr kleines Leben auf der Insel eingenistet. Sie freute sich auf den Winter. Dann würden nicht so viele Menschen auf Langeoog sein. Und hoffentlich keine Vereine, dachte sie, als sie aus dem Fenster ihrer kleinen Dienststelle auf die Dünen sah. Am Himmel schoben sich dicke Wolken auf eine lange Reise. Eva fühlte sich wohl. Niemals hätte sie das geglaubt, als man sie vor einem Jahr hierher versetzt hatte. Und auch mit Jürgen lief es immer besser. Sie waren ein eingespieltes Team. Jeder wusste, wo die Grenze war, die man besser nicht überschritt. Er hatte sie gefragt, ob sie nicht Weihnachten zusammen feiern wollten. Ja, warum eigentlich nicht?, hatte sie gesagt.

ENDE

Liebe Leserin, lieber Leser. Ich hoffe, der Krimi hat Ihnen gefallen. Ich darf Sie dann jetzt bereits auf die Fortsetzung hinweisen, die im Dezember 2015 erscheinen wird. Dann gibt es einen Weihnachtskrimi mit Eva Sturm auf Langeoog, wo Ihnen Heinrich Gerlach auf mysteriöse Weise wieder über den Weg laufen wird.

Rezepte

Wenn Sie Lust auf Kartoffelpuffer und Updrögt Bohnen bekommen haben, dann habe ich hier noch die Rezepte für Sie:

Kartoffelpuffer, wie ich sie gerne mag nach einem Rezept meiner Großmutter aus dem damaligen Ostpreußen

Zutaten für 2 - 3 Personen
2 kg Kartoffeln
3 größere Zwiebeln
4 Eier
Salz, Pfeffer

Zubereitung: Sie reiben die Zwiebeln und die Kartoffeln mit einer Maschine (früher habe ich das noch mühsam mit einer Handreibe bei Oma gelernt) . Dann fügen sie die kompletten Eier hinzu und würzen mit Salz und Pfeffer.

Dann erhitzen Sie Sonnenblumenmargarine in einer Pfanne und geben mit einem größeren Löffel den Teig für ovale Kartoffelpuffer hinein. Diese lassen Sie von beiden Seiten goldbraun braten. Die Geschmäcker gehen da übrigens von goldgelb bis knusprig braun auseinander. Probieren Sie es aus.

Sie können jetzt servieren! Mann kann sie mit Apfelmus oder auch Zucker essen. Doch ich mochte sie schon immer am liebsten pur.

Guten Appetit!

Updrögt Bohnen –
Quelle www.Ostfrieseninfo.de

Etwas für die ostfriesischen »Gourmets« und außerdem noch eins der ostfriesischen Nationalgerichte. Die Bohnen hierzu (Sorte: »Hinrichs Riesen«/«Speckbohnen«) werden nach der Ernte auf einen Faden gezogen und in der Küche oder auf dem Dachboben getrocknet und sollen so den typischen Geschmack erhalten.

500g Bohnen, 500g Kartoffeln, 500g durchwachsenen Speck, 4 Pinkelwürstchen (Mettwürstchen), Salz und Pfeffer.

Am Tag vorher die Bohnen in reichlich Wasser einweichen, danach in Stücke schneiden und in frischem Wasser etwa 30 Minuten kochen wiederum das Wasser wechseln, den Speck zugeben und etwa 1-1.5 Stunden mit etwas Salz köcheln lassen. Nun Kartoffeln und Würste zugeben, gar kochen lassen, mit Pfeffer Salz und evtl. etwas Essig ab - schmecken und durchstampfen

(oder auch nicht).

Naja, hier ist Bier und der Korn danach wohl unvermeidlich!

Zur Autorin

Auf dem Foto sehen Sie mich mit meiner Hündin Noomi!

Moa Graven wurde 1962 in Ostfriesland geboren und wohnt in Leer (Ostfriesland). Das Schreiben gehörte schon von Kindesbeinen an zu ihren Leidenschaften, sie liebte Papier und schrieb alles auf, was ihr in den Sinn kam. Auch hat sie unter der vielbesprochenen Bettdecke nächtelang gelesen. Beruflich schlug sie zunächst eine Laufbahn in der Verwaltung ein und arbeitet seit dem Jahr 2000 auch als freie Journalistin. Seit Sommer 2013 schreibt sie die Kommissar Guntram Krimi-Reihe, die in Ostfriesland angesiedelt ist. Im Sommer 2014 kam die Ermittler-Reihe mit Jan Krömer hinzu. Eva Sturm ermittelt seit Mai 2015 auf Langeoog. Mit den Ostfrieslandkrimis, die in ihrem im April 2014 gegründeten cri.ki-Verlag erscheinen, ist sie jetzt in ihrem Lieblingsgenre, dem Krimi, angekommen. Besuchen Sie die Autorin auch gerne auf ihrer Homepage www.moa-graven.de

52711307R00123

Made in the USA
Charleston, SC
25 February 2016